よいこの
こくご
GINPACHI

3年Z組
銀八先生
銀魂
ぎんたま

GINTOKI

CONTENTS Z

ずい〜

PROFILE

坂田銀八

3年Z組担任。教師にあるまじき人物だが、
なぜか生徒に一目おかれている。

志村妙
新八の姉。
楚々としているが性格は凶暴。

猿飛あやめ
銀八に夢中のドM娘。
通称さっちゃん。

桂小太郎
学級委員長。
もの静かだが天然ボケ。

エリザベス
ボードで会話をする謎の生物。

柳生九兵衛
セレブ。剣道が得意。

東城歩
よくロフトかソープにいる。

たま
機械じかけの女子高生。

長谷川泰三
まるでダメなおっさん。
通称マダオ。

キャサリン
猫耳の留学生。

高杉晋助
銀魂高校一のヤンキー。

来島また子
高杉一派の紅い弾丸。

河上万斉
高杉をバンドに誘っている。

武市変平太
ロリコンで変態。

岡田似蔵
コロッケパンに目がない。

志村新八

地味な存在のツッコミ担当。

3年Z組

近藤勲
風紀委員長。妙のストーカー。

土方十四郎
風紀委員副委員長。マヨネーズが大好物。

沖田総悟
ドSの風紀委員。趣味は落語と藁人形。

山崎退
あまり目立たない風紀委員。

神楽
異常な食欲の留学生。

お登勢
銀魂高校の理事長。

ハタ皇子
銀魂高校の校長。

じい
銀魂高校の教頭。

松平片栗虎
キャバクラとドンペリが大好きな体育教師。

坂本辰馬
船酔いですぐに吐いてしまう数学教師。

服部全蔵
痔に悩まされている日本史教師。

平賀源外
変な発明をしてばかりの理科教師。

月詠
吉原商業から転任した保健体育教師。

第一講

大人数のオンライン会議の画面って、卒アルっぽい

1

もうすぐ始業時刻だが、志村新八《しむらしんぱち》は学校ではなく自宅にいた。風邪《かぜ》をひいて休んでいる、というわけではなく、今日はタブレットを使ったオンライン授業の日なのだ。学校には行かず、自宅から授業に参加する日なのである。

新八は自室の机で、学校から支給されているタブレットの電源を入れた。姉のお妙《たえ》も、自室で同じことをしているはずだった。

ミーティング用のアプリを起動し、新八は「入室」した。タブレットのカバーは、折ればスタンドにもなる。新八はタブレットを机に立てた。

黒い画面に、ウィンドウが開いた。ウィンドウには、タブレットのカメラがとらえている制服姿の新八が映っている。オンライン授業でも制服を着るようにといわれているのだ。背後の壁に張ったお通《つう》ちゃんのポスターまで映り込んでしまっているが、まあいいだろう。気にしないことにした。

入室しているのは、今のところ新八だけだった。

——初めてのオンライン授業か……。

──なんかドキドキするな……。

なんとなく面映《おもは》ゆい気持ちで画面を見ていると、生徒が一人、入室してきた。

新八の隣に表示されたウィンドウに映っているのは、風紀委員長の近藤勲《こんどういさお》だった。

「やあ！　新八くん、おはよう！」

元気な声であいさつする近藤に、

「おはようございます、近藤さん」

と、新八も返す。

「ときに新八くん、今、近くにお妙さんはいるのかな？」

「姉上は別の部屋ですよ。もうすぐ入ってくると思いますけど。ああ、入るっていうのは、このオンラインの場にってことですけど」

新八がいったとき、ちょうどお妙が入室してきた。新たに開いたウィンドウに姉の姿が映る。

「おお！　お妙さん、画面越しでも相変わらずの美しさですな！　そばにおらずとも、あなたの香りを感じますよ！」

近藤は鼻の穴を大きく広げる。

「気持ち悪いこといわないでくれるかしら、ゴリラさん。鼻にセメント流し込みますよ？」

お妙が微笑《ほほえ》みながらそう返すと、

「はっはっは！　セメントだなんて、そう責めんといてくださいッ！」

ゴリラは能天気に笑う。

お妙のこめかみにピキリと血管が浮かんだときだ。新たな生徒が入ってきた。

風紀委員会の副委員長、土方十四郎《ひじかたとうしろう》だ。

「土方さん、おはようございます」

「おう。ちゃんと制服を着てるようだな。ルールを守って結構だ」

風紀委員らしくきびきびとそういったあと、土方は、「しかしよお」と、一転ぼやきだした。

「オンライン授業なんてのは、どうも落ち着かねえな。自分の部屋が映っちまうのも、いい気はしねえしよ」

「マヨネーズのポスターでも張ってあったりしたら、それも映っちゃいますもんね、ははは」と新八。

「もう剝《は》がして別の壁に移したよ」

「いや、ほんとに張ってたんですか！」

新八がつっこんだあと、また新たな生徒が入室してきた。

風紀委員の沖田《おきた》総悟《そうご》である。

「ちーす、皆さん」

と、軽くあいさつした沖田の背後の壁には、無数の藁人形《わらにんぎょう》が釘で打ち付けられていた。全部に土方の顔写真が貼り付けられている。

「いや、なに自宅で呪《のろ》いまくってくれてんだテメーは！」

土方がキレるが、沖田は涼しい顔だ。

「いやいや、これだけ呪ってもピンピンしてるんだから、さすがっすねェ、副委員長の生命力は」

「嬉《うれ》しくねーんだよ！　今すぐ外《はず》せ！」

「めんどくせーっすよ、こんなにあるんですから」

「あの」と、そこで新八が口を挟む。「部屋を映したくないときは、背景を変えることができますよ。自分で撮った写真とか、自分で作った画像とかにもできますし」

「へえ、そんなことができるのかィ。……あ、これで変更できんのか。じゃあ、この画像にするかな」

と、沖田は背景を変更した。土方のフィギュアがバラバラになった写真に。

「一緒じゃねーか方向性が！　俺を呪い殺したいという強い意志しか感じられねーよ！」

土方がキレていると、また新たな生徒が入ってきた。

長谷川泰三《はせがわたいぞう》、ときにマダオと呼ばれるこの男は、最初から背景を変更していた。一万円札が隙間《すきま》なく並べられた背景に。

「長谷川さん！　欲望そのまんまじゃないですか、その背景」

「別にいいだろ。こんなときぐらい金持ちの気分を味わったってよ。へへ、ネットに落ちてた、フリーの画像だ」

と、そこへ、柳生九兵衛《やぎゅうきゅうべえ》が入室してきた。

九兵衛の背景にも一万円札が隙間なく並んでいるが、こちらは本物の紙幣を壁に貼っているようだ。

「いや、九兵衛さんのは本物のお金ですか！」

「すまん、こんな背景、品がなくて僕は嫌だったんだが、父が、柳生家のセレブっぷりをクラスメイトに知ってもらえとうるさくてな」

恥ずかしそうに九兵衛がうつむく。すると、長谷川が、

「か、かねぇ、いちまい、くれぇ……」

と、亡者《もうじゃ》のような顔と声で画面に向かって手を伸ばす。

「いや、怖い怖い！　長谷川さん、目が闇《やみ》になってるから！」

品がない、と恥じ入った九兵衛のあとに入室してきたのは、東城歩《とうじょうあゆむ》だった。バスタオルを体に巻き付けて、後ろにはビニールマットがたてかけてある。

「若、その背景は、少々はしたないのではございませんか」

「いや、アンタだよ、はしたないのは！　つーか、アンタ、どこの店からオンライン授業参加してんですか！」画面に向かって、新八はつっこむ。

「おっと、勘違いしてもらっては困りますね。私がいるのは自宅です。日課のマット運動をしたあとなのですよ」

「朝からどんなマット運動してんだよ！」

「まずローションを適量手に取り……」

「説明すんなァ！」

新八がシャウトしていると、今度は神楽《かぐら》が入室してきた。

「みんな、おはよーアル！　私の声、きこえてるアルか？」

「大丈夫だよ、神楽ちゃん」

「あれ？　背景って変えられるアルか？」

神楽もそういうことができると知らなかったようだ。

「そうだよ。自分の持ってる写真とか、あとは映ってる背景を薄くしたりもできるよ」

新八が教えてやると、

「薄くするんだったら、私にもできるネ」

といって、神楽は背景を自分の父親——星海坊主《うみぼうず》の頭頂部の写真にした。

「いや、そういう意味じゃないから！　たしかにかなり薄くなってるけど！」

「薄くなってねーよ！」突然神楽のウィンドウに、星海坊主がぬっと顔を出した。「そもそもこれは、俺の膝小僧《ひざこぞう》の写真です！」

「いや、いたんですか！　お父さん！」

神楽の父、星海坊主は、夜兎《やと》工業高校の教師である。普段なら出勤しているはずの時間だろうに。

「今日、パピーは風邪気味で休んでるアル」と神楽。

「風邪っつってもアレだぞ、頭が寒くて風邪ひいたとかじゃねーからな！」と星海坊主。

「いや、誰もそんなこといってませんから！」

などといっていたら、また新たな生徒が入ってきた。

猿飛《さるとび》あやめ——通称さっちゃんだ。

「みんな、おはよう」

爽《さわ》やかにあいさつしたさっちゃんは、よく見るとセーラー服の上から亀甲縛《きっこうしば》りを施《ほどこ》されていた。

「いや、なんつー格好でオンライン授業参加してんですか、さっちゃんさん！」

「いいじゃない。画面越しに銀八《ぎんぱち》先生にこんな姿を見てもらえるなんて、私にとっては最高のシチュエーションよ！　これがほんとのオンラ淫乱《いんらん》授業！」

「うるせーよ、もう！」

「てかなに、まだ先生が来てないじゃない」

さっちゃんがむくれ顔でいったときだ。画面中央に新たなウィンドウが開いた。

白髪《しらが》の天然パーマ、白衣を着た担任教師――坂田《さかた》銀八の登場だった。

「うーす。みんな来てっかー」

「せんせぇん」と、さっちゃんが早速悶《もだ》えるが、銀八は相手にしない。眠たげな目で続ける。

「まだ来てねーやつがちらほらいるみてえだな」

「タブレットの操作に手間取ってるのかもしれませんね」

新八がいうと、銀八は頭をかきながら椅子《いす》の背もたれに寄りかかった。

「んじゃ、もうちっと待つか。おめーら、しばらくご歓談でもしててくれ。俺ぁジャンプ読んでっからよ」

相変わらずダルダルなスタイルの担任教師である。

ともあれ、そうしているうちに、次々に3Z《ずいー》の生徒たちが入室してきた。

タブレットの画面の中に、生徒の数だけウィンドウが開いていく。

あらかたの生徒が入室し終えたかなというところで、新八は気づいた。

「あれ？　そういえば桂《かつら》さんがまだですね」

長髪の学級委員長、桂小太郎《こたろう》がまだ来ていないのだ。

「別にいいけどな、ヅラなんて来なくても」

ジャンプを読みながら、銀八はそっけない。

新たなウィンドウが開いたのは、そのときだった。

「ヅラじゃありません！　桂です！」

桂小太郎の登場だった。

「いや、なんで入ってくるなり、『ヅラじゃありません』っていったんだよ」銀八がつっこむ。「それまでの会話きこえてねーはずだろ」

「え、今なんていいました？」

「なんで今きこえてねーんだよ。腹立つわあ、コイツ」

銀八がイラッと顔を歪《ゆが》ませる。が、桂はマイペースで続ける。

「やー、しかし、遅くなってすいませんでした。ちょっとタブレットの調子が悪くて入れなかったんです」

「直ったんですか、タブレット」

新八がきくと、桂は首を横に振った。

「いや、結局ダメでな。仕方がないから、今はメガドライブで参加している」

「いや、無理でしょ、メガドライブでオンラインに参加するの！」

「コナミコマンドを入力したら、なんとか入れた」

「いや、入れねーよ！　コナミコマンドそんな万能じゃねーから！」

「コナミコマンドのおかげで、階段の上り下りも楽になりました」

「ならねーよ！　どこのお婆《ばあ》ちゃんのコメントですか！」

「階段を上がって上がって、下がって下がって、左に行って右に行って、左に行って右に行った婆ちゃんのコメントだ」

「……いや、上上下下左右左右婆（BA）ちゃんかよ！　よくわかったな僕も！　つーか、初《しょ》っ端《ぱな》からボケ多いな！　抜け出せないんですけど！　ロン毛ルキアの洞窟《どうくつ》ですかここは!?」

のっけから飛ばしまくる桂に、新八が慌《あわ》てだしたところへ、銀八の声が差し込まれた。

「よーし、んじゃ、そろそろ3年Z組銀八先生の、うれし恥ずかしオンライン授業始めんぞー」

2

「おめーらには課題を出してあったな。今日は、その課題をここで提出してもらう」

画面中央のウィンドウで、銀八がいった。

『銀魂《ぎんたま》高校公式ユーチューブチャンネルにアップしたらバズりそうな動画を作る』

という課題が、二週間前、3Zのみんなには出されていたのだった。

銀魂高校は公式のユーチューブチャンネルを開設しているのだが、これの登録者数が伸び悩んでいるのである。現在アップされている動画は、校内の風景を映しながら学校の歴史を紹介したり、学食のスタッフさんが人気メニューを紹介したりと、まあ要するに地味な動画ばかり。これではいかん、テコ入れをするべし、と、バカ、いやハタ校長が思い立ち、それならばブッ飛んだキャラの多い3Zにやらせてみるか、ということになったのである。

「ユーチューブってのは、あれだろ、登録者が十万人になったら銀の盾《たて》ってのをくれるん

だろ？　とりあえずそれを達成して、俺は校長に臨時ボーナスを要求するつもりだ。つーわけでお前ら、バズりそうなやつ頼むぜ」

銀八がいった。

「先生！」と、すかさず近藤が発言する。

「なんだ、ゴリ」

「いきなり銀の盾は、目標が高すぎるんじゃないですか？　まずは『皮の盾』を目指しましょう！」

「ねーんだよ、そんな初期装備みてえなのは」

「先生！」と、今度は桂だ。

「『破壊の鉄球』は登録者何万人でもらえるんですか？」

「お前を破壊するぞ。頼むから十分間黙ってろ」

二人のバカ発言を軽くいなし、銀八は軌道修正した。

「さあ、おめーら、どんな動画作ってきたんだ？　我こそはってやつから見せてくれ」

動画は、このオンライン上の「教室」で再生すれば、入室しているみんなが見ることができる。

銀八の呼びかけに、「では、私が」と、応じたのは東城だった。

「おめーか……」と銀八。「んで？　どんな動画撮ってきたんだ？」

「はい。今回、私の撮ってきた動画は、ズバリ！　おもちゃの開封動画です！」

自信満々に告げた東城だったが、クラスメイトの反応は薄かった。うーん、まあ、みたいな。それが不満だったのか、東城は咳払《せきばら》いして言葉を足した。

「皆さん、私の企画、ありきたりだとお思いですか？　しかし、ユーチューブは新奇なネタを投入すればいいというものでもない。定番の企画をコンスタントに上げていく、そういうスタンスのほうが再生回数や登録者の増加につながると、私は思いますが」

「や、まあ、それはそうかもしれませんけど……」新八はいった。「あなたの場合、ちょっと心配なことがあるんですよね」

「なんですか、それは」

「おもちゃの開封動画っていいましたけど、それ、大人《おとな》のおもちゃじゃないでしょうね？」

新八がジトリとした視線を向けると、東城は微笑んで返した。

「私がそんな愚《ぐ》を犯すと思いますか？」

「思いますよ。てゆーか、ビニールマットを背景によくそんなことがいえますね」

「ご心配なく。今回私が紹介するおもちゃは、『幻獣戦隊レジェンダー』の変身玩具、『メタモルステッキ』です」

まあ、そういうやつなら、と新八も一旦黙ることにした。

「では、私の開封動画、ご覧ください！」

新品の『メタモルステッキ』の箱をテーブルに置き、東城がテンション高く話しだした。

「銀魂高校ユーチューブチャンネルをご覧の皆様、ごきげんいかがでしょうか。3年Z組の東城歩でございます。さあ、本日私は、おもちゃの開封動画をお届けしたいと思います。どんなおもちゃかと申しますと、こちら、『幻獣戦隊レジェンダー』のメタモルステッキでございます！　いや～、楽しみですね！　早速開けてみましょう！」

箱に貼られたセロハンテープを剝がそうとする東城。しかし、うまくいかず、全然テープが剝がれない。なぜなら手がローションでヌルヌルだからだ。

なんとかテープを剝がし、箱から中身を取り出すが、何度もテーブルに落としてしまう。手がヌルヌルだからだ。

「……えーと、遊び方はですね、本体の、このスリットに、こちらの変身用……あ、失礼、変身用のタグを、こう、差し……あ、ごめんなさい、こう……差し込んで、あ、失礼――」

東城はタグを差し込もうとし、何度もそれを落としてしまう。手がヌルヌルだからだ。

苦労してスリットにタグを差し込み、本体のトリガーを引こうとして、しかし今度は本体を落としてしまう。手がひどくヌルヌルだからだ。

「いや、手のローションを拭《ふ》けェェェ！」

新八は画面に向かって叫んだ。

「見ててイライラするわァァ！　何べんも何べんもガッシャンガッシャン落として！　なんでローションまみれの手で開封動画撮ってんだ！　まずそれ洗い流してから撮れや！」

「いや、実はこの動画を撮る前に、ローションの開封動画を撮っていたのだ」

「結局撮ってんじゃねーか、大人のおもちゃ的なやつも！　つーか、だとしても洗えよ！」

「バカな人ね」

という声は、さっちゃんだった。

「私が開封動画の見本を見せてあげるわよ」

「さっちゃんさんも開封動画を撮ってきたんですか？」

「そうよ。でも、心配しないで。私はちゃんと手は洗ってあるし、怪しげな商品でもないわ」

「亀甲縛りされた人にそういわれても説得力ないですけど……」

新八はいったが、さっちゃんは意に介したふうもない。ウィンクして、いった。

「じゃあ、いくわよ。VTR、見てチョンマゲ」

「振り方、古《ふ》りーよ！」


「はーい！　銀魂高校ユーチューブチャンネルをご覧の皆さーん！　みんなのメス豚《ぶた》、いいえ銀八先生だけのメス豚、猿飛あやめでーす。本日は、開封動画をお届けします。さあ、一体なにが出てくるんでしょうか……」

テーブルの下でもぞもぞと手を動かすさっちゃん。

「おや？　なんでしょう、この感触。カサカサした手触《てざわ》りと、わりとずっしりとした重み。……では、行きますよ？　本日ご紹介するのはこちら！　ドーン！　茨城《いばらき》県産の納豆でーす！」

さっちゃんがテーブルの上に出したのは、藁に包まれた納豆だった。

「これ一本で、１２０グラムって書いてますね。では早速、藁を開封してみましょう。……うわ～、おいしそ～、粒がふっくらしてますね～。食べたら元気が漲《みなぎ》っちゃうかも！　皆さんも、茨城県産の納豆、バッグに一つ、忍ばせてみてはいかがでしょうか？」

人差し指を立ててそういうと、

「さあ、そしてそして！　今日はまだまだ紹介しちゃいますよ！　続いての商品はなんでしょうか……はい！　出ました！　北海道《ほっかいどう》産の納豆でーす！」

　テーブルの下から、藁に包まれた納豆を取り出すさっちゃん。

「さあ、早速開封してみますね。……うわ～、これまた粒が大きくて、おいしそ～。食べたら元気が漲っちゃうかも！　皆さんも、北海道産の納豆、内ポケットに一つ、いかがでしょうか？　……さあ、今日はですね、まだまだ紹介しちゃいますよ！　今度の商品は一体なんでしょうか……ジャーン！　これはびっくり、福島《ふくしま》県産の納豆でーす！　早速開封してみますね！　……うわ～、粒がツブツブしてて、おいしそ～！　食べたら元気が漲っちゃうかも！　皆さんも、福島県産の納豆、左右のヒップポケットに一つずつ、差し込んでみたらどうでしょう？　……さあ、今日はまだ終わりませんよ。続いては、こちら……山形《やまがた》県産の納豆――」

「絵ヅラ一緒じゃねーかァァ！」

「ヅラじゃない！　桂だ！」

「アンタにいってねーよ！　眼鏡《めがね》納豆女子にいってんですよ！」

「なにが気に入らないのよ」

「画面の見た目が変わらなさすぎでしょ、次から次に納豆紹介するだけで」

新八はいったが、さっちゃんは涼しい顔だ。

「それぞれの納豆に個性があるのよ。チェリーボーイにはわからないわ」

「個性があっても、あんたのレビューがほぼ一緒でしょうが！　誰がチェリーボーイだコルァ！」

「あのね、文句いうなら最後まで見てからにしなさいよ。最後はガラッと展開が変わるのよ、この動画は」

「ガラッと？」嫌な予感を抱きつつも、新八は一応きいた。「どうなるんですか、最後」

「納豆のレビューのあとは、藁に包まれた私を銀八先生が開封して、愛の液が糸を引く私を銀八先生がおいしく召し上がる……ていう私が書いた夢小説を私が朗読して終わるのよ」

「いや、終わってんのアンタ！　どこに需要があるんですか、そんな動画！」

「あの、すまないが！」と、ここで東城が手を挙げた。「糸を引く動画なら、私のローションヨン開封動画も概要欄に貼り付けておいてほしい！」

「おめーを貼り付けるぞ、壁に！　――てゆーか」

新八は口調を改める。

「さっちゃんさんも東城さんも、あんまり性的な要素が強いと、アカウントBAN《バン》されちゃいますから、気をつけてください」

だが、新八の注意など無視して、さっちゃんは銀八に問う。

「先生！　私の動画、どうでした？」

「……ん？　あ、わりー。ジャンプ読んでて、まったく見てなかったわ」

ジャンプから顔を上げて、銀八がいった。

「そんな、先生……未見スルーなんて……興奮するじゃないのォォ！」

「もうなんでもいいんじゃねーか！　結果アンタが発情してるだけでしょ！　なんだこの時間！」

「おめーらよお、そんなんじゃ銀の盾どころか、おなべのふたももらえねーぜィ」

と、ここで入ってきたのが沖田だった。

「……おもちゃだの、納豆だの——結局、モノに頼ってるからいけねえんだ。ユーチューブってのは、人間の魅力で見せるもんだぜ」

「人間の魅力、ですか……」

「ああ。というわけで、俺が作ってきた動画は、こういうのだ」

サムネ画像は、画面の中央に沖田の顔がアップで映っている。その両サイドに、週刊誌の見出し風に、こんなテロップが——

『沖田総悟　全告白』

『壮絶なパワハラで精神崩壊』

『大好きな落語DVD燃やされ』

『耐え忍んで風紀委員活動』

そして、始まったのは、どこかの公園のベンチに腰かけて、沖田がインタビューに答える動画だった。

「……そうですね、まあ、名前を出すと差しさわりがあるんで、イニシャルにしますけど、H方T四郎っていう、まあ、先輩というか、立場上は委員会のナンバー2みたいな人がいるんですが、この人から目の敵《かたき》にされましてね」

「具体的には、その人からどんなことをされたんですか？」

と、カメラを持ったインタビュアーがきく。

「俺、落語が好きなんですけど、そのDVDを目の前で燃やされて、その燃えカスにマヨネーズをかけたものを食えっていわれましたね」

「沖田さんは抵抗しないんですか？」

「いや、H方さんって人はキレると手がつけられないんで、俺は一方的にやられるだけです。今、アバラに一本ヒビ入ってんですけど、それも一週間前、ひじ、いやH方さんに殴《なぐ》られたせいで……」

「沖田さんはそんなパワハラを受けても、風紀委員をやめないんですね」

「やっぱ、俺、風紀委員が好きなんですよ。だから、H、いや土方さんのパワハラっつーか、理不尽な暴力？　そういうのにも耐えて、耐え抜いて、なんとか風紀委員を続けていきたいんです」

「すごいですね。どうすれば、そんな忍耐力がつくんですか？」

「そうですねェ。まあ、俺の場合は家で黙々と工作することですかね。今、俺、藁を使った工作にハマってるんですよ。完成したら、壁に打ち付けてるんですけどね」

「それさっき後ろに映ってた藁人形のことだろ！」

つっこんだのは、H方T四郎だった。

「総悟てめえ、なんだこの、街録ch《がいろくチャンネル》まるパクリしたような動画は！」

「人間の魅力を見せるなら、この手法が手っ取り早いと思いやしてね」

「思いやしてねじゃねーよ！　嘘《うそ》ばっかじゃねーか！　俺がいつ落語のDVD燃やしたってんだ！」

「あくまでネタですよ。信じるやつなんていませんて」

「トシぃ！　貴様、総悟にパワハラしてたのか！」

「いたじゃねーか信じるやつ！　ピュアなゴリラが早速信じてんじゃねーか！」

「ちょっと待ちなさいよ」と、ここでさっちゃん。「藁を使うなら、私の納豆動画とコラボしなさいよ！」

「出てこなくていいんだよ、てめーは！」

土方はつっこんだが、沖田がこう返す。

「おもしれーじゃねえか。じゃあ、呪いの藁人形の腹をかっさばいたら、納豆が出てくるっつー動画でも作ろうじゃねえか」

「ならば、その動画の概要欄に、私のローション開封動画も――」と東城。

「出てこなくていいんだよ、てめーも！　あと、お前、概要欄好きな！」

「あの」と、ここで新八はきく。「ちなみにこれ、インタビューしてカメラ回してるの、誰なんですか？」

「俺だよ」

と、隅っこのウィンドウで答えたのは、山崎退《やまざきさがる》だった。

「山崎さん！　そこにいたんですか！」

「君に存在感の薄さを指摘されたくはないよ、新八くん……といいたいところだけど、や

っぱりメインのツッコミである君と、時々思い出したようにフィーチャーされる俺とじゃ、存在感の差はいかんともしがたいね」

「いや、コメントが重い！　なんかすいません！」

詫《わ》びる新八。そこへ、土方がいう。

「おい、山崎。おめー、こんな動画手伝ってる暇があるなら、自分の動画作れよ」

「作りましたよ」

「なんだ、作ってんのか」

「俺は、作業用ＢＧＭっていうんですかね。そういう動画を作りました」

「作業用ＢＧＭ？」と、これは新八。

「ああ。俺が延々、『カバディカバディカバディカバディ』って、一時間くらいいってる動画」

「それだけですか！　てか、一時間!?」

「『あんぱんあんぱんあんぱんあんぱん』っていってるバージョンもあるけど」

「こえーよ！　なんで全部、連呼系なんですか！　つーかそれきいてても作業はかどらないでしょ！」

「モッパン動画を撮ってきたアル！」

と、そこへ突然、神楽がカットインしてきた。

「神楽ちゃん！　えーと、モッパン動画って、たしか……」

「なんか食べてるシーンを見せる動画アル！　ユーチューブにモッパン動画、たくさん上がってるネ！　私もそういうの作ってきたアル！」

たしかにそういうのはよく見る。超高級食材を使った料理とか、単に巨大なラーメンとか、いろんな味のお菓子を全部混ぜてみましたとか、とにかくなにかを食べる動画だ。

「神楽ちゃんが撮ってきたってことは、やっぱり大食い系なのかな？」

「もちろんアル！　それでは動画を見るヨロシ！」


「ニーハオ、ユーチューブ！」

テーブルについた神楽が、元気よくいった。

「今日は、私、神楽がモッパン動画をお届けするアル！　といっても、食べるのは私じゃないアル！　大食いキャラの私がたくさん食べたところで、意外性ゼロネ！　だから今日は、ゲストさんにたくさん食べてもらうアル！　カモン！」

　神楽の呼び込みで登場したのは、黒髪の女子生徒。

「どーもー、外道丸《げどうまる》でござんす」

「今日は外道丸にモリモリ食べてもらうネ！　外道丸、今日はどんな料理を用意してるアルか？」

「本日あっしがいただくのは、こちらでやんす」

といって、外道丸がテーブルに並べたのは――

「パンデモニウムの香り揚げ、パンデモニウムの煮びたし、パンデモニウムの和《あ》え物、パンデモニウムとパンデモニウムの挟み揚げ、パンデモニウムのパンデモニウム詰め、生パンデモニウムの――」

「うぷっ。説明はそれぐらいでいいアル！　それじゃ、外道丸！　モリモリ食べるアル！」

神楽がゴーサインを出すと、外道丸は「いただきやーす」と、パンデモニウム料理をぱくつきだした。人の顔がついた巨大な虫を、人が次々に食べていく動画である。グロテスクなビジュアルと、生々しい咀嚼《そしやく》音。とうとうこらえきれなくなった神楽が「うぷっ」と頬《ほお》を膨《ふく》らませ、その口からオボロシャ――

「いや、もう見てられねーよ！　なんだこの動画！」

新八の悲痛な声で動画が止まる。

「なにアルか。せっかく私が血反吐《ちへど》を吐く思いで作った動画に対して！」

「血反吐というか、ただの反吐だろーが！　てか、神楽ちゃんの目的はなに!?　隣でグロいもん食べてる人を見て吐いてるだけじゃん！　てか、パンデモニウムさんはグロくねェエエ！」

「モリモリとパンデモニウムを食べる、モッパン動画を作りたかったアル！」

「モッパンってそういう意味じゃねーから！　あと外道丸さんて、昔、学食で働いてませんでした!?　今作から、しれっと生徒!?」

「別の動画ではパンデモニウム以外のものも食べてるでござんすよ」

新八の指摘にはとりあわず、外道丸がいった。新八の左下辺《あた》りのウィンドウだ。

「別のものって？」

「ミノタウロス一頭丸焼きと、ヒュドラの踊り食い、グリフォン鍋のフルコースを食べたでござんす」

「ダンジョン飯みたいになってんじゃねーか！　ほんとにあるんですか、そんな料理！」

「レシピは概要欄に載せてるでござんす」

「概要欄!?」と興奮気味に東城。

「しつけーなアンタは！　なんで概要欄に食いつくんだよ！」

東城につっこんだあと、新八は口調を改めた。

「や、あの、皆さん。動画のインパクトも大事ですけど、これ、高校の公式ユーチューブだってことを忘れないでくださいね」

「新八くんのいう通りだな」

と、いったのは桂だった。

「高校のユーチューブである以上、そこにはやはり、『学び』や『発見』の要素がないといかんだろう」

「『学び』や『発見』ですか……」

「ああ。そこで俺は、今話題の生成AIを使った動画を用意した。……みんな、生成AIがなにか知ってるか？」

桂がきくと、

「もちろんですよ」と、自信たっぷりに東城がいう。「性性営愛というのは——」

「あ、もう喋《しゃべ》らないでください。多分それ間違ってるんで」

新八がローション野郎の声を封じると、桂が続けた。

「生成AIというのはつまり、その、こう……なんていうか、文章とか、絵とか、あと動画、音楽もかな、なんかそういうのを、あたかも人間が作ったような……感じに、まあ、作ってくれる、人工、高度な人工知能の、あれの……やつだ！」

いや、グダグダじゃないですか！　と、つっこもうとしたが、さりとて新八にもスラスラと説明することはできない。そして、おそらく桂の説明も間違ってはいないはずだ。

「俺は、生成ＡＩに絵を描かせてみた。それがこれだ」

桂がそういって、動画を再生した。

真っ黒な画面に、白い線で輪郭《りんかく》が描かれ始めた。生成ＡＩが絵を描き始めたのだ。さらさらと、あっという間に絵は完成した。曲線的なフォルムと、シンプルな配色。
出来上がったのは――エリザベスの全身像だった。

「簡単すぎるわ！」

間髪《かんはつ》入れず、新八がつっこむ。

「生成ＡＩ使うなら、もっと複雑な絵を描かせればいいじゃないですか！　単純すぎるでしょ、エリザベスのビジュアルは！」

『誰が単純だコルァ！』

と、右上辺りのウィンドウで、エリザベスが怒りのプラカードを掲げる。

「まあ、これぱかりは仕方ない。なにせ、俺のはメガドライブで走らせている生成ＡＩだ

からな」

「いや、走らねーだろ、メガドライブで生成ＡＩ！」

「ＰＣエンジンを外付けしたらいけたぞ」

「いけねーよ！　なんだその魔改造！」

「いやー、相変わらずだな、おめーら」

声は銀八だった。真ん中のウィンドウで、銀八は拍手している。

「先生……？」

「久しぶりに復活した小説版だが、テメーら、安定のバカクオリティだな。懐かしさすら感じるぜ」

担任の呑気《のんき》な発言に、新八は咳払いしていう。

「先生、いいんですか。こんな調子じゃ、校長に臨時ボーナスの要求なんてできませんよ」

てゆーか、と新八はさらに続ける。

「先生はなんの動画も作ってきてないんですか？」

「俺が？　あー、まあ、一応は作ったぜ」

「え、そうなんですか。なんか、意外です。んなもん作ってるわけねーだろ、とかいうと思ったのに……」

「ちなみに、俺の作った動画のタイトルは、『家系ラーメンを食べながら迷惑系ユーチューバーを成敗《せいばい》する系のユーチューバーがゲーム実況している動画を見ている俺』だ」

「いや、それ、先生がただ動画見てるだけの動画じゃないですか！　つまんな！」

「しかも、見てる途中で寝落ちしたから、ほぼ俺が寝てる姿しか映ってねえ」

「じゃあもうほとんど静止画じゃねーか！　どんだけ怠惰なんだアンタは！　てか、いいんですか、今日のオンライン授業、こんな感じで」

「まあまあ、そういきり立つなよ、ぱっつぁん」にやりとして銀八はいう。「俺としちゃあ、今日の授業はまさに狙い通りだ。今のところ百点満点だぜ」

「百点満点？」新八は眉根《まゆね》を寄せる。「ろくな動画が出てないのにですか？」

「それだよ」

　と、銀八は画面に向かって指をさす。

「ろくな動画がない、と、お前はいうがな、新八。じゃあ、逆にきこう。今まで出された動画、ユーチューブに上げたとして、再生回数が上がらないと思うか？　誰も見向きもしないと思うか？」

「え……？」

　と、新八は思わず返答に詰まる。

銀八が続ける。

「ここまでに提出された動画は、たしかにどれもおバカな動画だった。だからこそお前もギャンギャンつっこんだんだよな？　でもよお、そのツッコミはあくまで、『ユーチューブ動画ならこうあるべきだ』というお前の物差しによるジャッジだ」

「う……」

「……だが、よくよく考えてみりゃあ、ユーチューブの動画に正解なんてもんはねえ。なんでこんな動画が百万回再生なんだ？　なんて動画は腐るほどある。編集グダグダ、企画失敗、だけどなぜか中毒性がある、なぜか笑えてしまう。そうやってバズる動画もあることを思えば……今までに出された動画、あながち悪いともいえねえんじゃねえか？」

「……たしかに」

と、新八は小さくもらした。妙に説得力のある銀八の意見だった。延々と納豆を紹介する動画に、新八は「絵ヅラ一緒じゃねーか！」とつっこんだが、あれだって納豆マニアからしたら、大歓迎の動画かもしれない。

「……たしかに、先生のいう通りかもしれませんね」

「だろ？　それともう一つ。今日のこのオンライン授業は、実は録画されている」

その言葉には、新八だけでなくみんなが「えっ！」「マジでか！」とざわついた。

「な、なんで録画なんかしてるんですか?」

「決まってんだろ。新八、お前の活躍を動画にするためだ」

「僕の?」

「次々に出される動画に、お前はガンガンつっこんでいった。『クラスメイトのボケに、ツッコミ無双する童貞眼鏡の少年』……。実にバズりそうな動画じゃねえか」

「いや、童貞は余計でしょ!」と、つっこんだが、それ以外の部分は、まあ照れくさくはあったが、同意できた。たしかに、意外とバズるかも……。

「つーわけだ」まとめるように銀八はいった。「オンライン授業はこのまま続行。新八、おめーは大変だろうが、最後までつっこみ続けてくれ」

つっこみ続けてくれ——いつもなら「いや、なんで僕が!」と拒絶するオーダーだが、今回ばかりは事情が違う。銀魂高校公式ユーチューブのためになるなら、と新八は腹をくくった。

「わかりましたァァァ! 男、志村新八、授業時間いっぱい、つっこませていただきます! じゃあ、景気づけに、ここらで一発、僕の動画を見てもらいましょうか! 『志村新八の全開推しトーク! お通ちゃんの魅力をマシンガン語り!』」

「——は、見なくても大体わかるからカットな」

「いや、僕の動画は見てくれないん界王拳《かいおうけん》4倍ィィィ！」

4倍ィィィ！　と、3Zが団結し、オンライン授業は俄《にわ》かに熱気を帯びていった、のだが——

この動画に関連付けられていた
YouTubeアカウントが停止されたため、
この動画は再生できません

3

「いやー、すまん、すまん。余《よ》のせいでアカウントが凍結されてしまった。申し訳ない」

校長室のデスクで、ハタ校長はタブレットに向かって詫びた。

タブレットには今、銀八をはじめ、3年Z組の面々が映っている。

なぜハタが3Zのオンライン授業に参加しているのか。目的は謝罪であった。

「ユーチューブ用の動画作成を、諸君らだけに任せるのもよくないと思ってな、昨日《きのう》、余も自分で撮った動画を上げてみたんじゃが……」

それは、ハタ校長が自分のペットを紹介する動画だったのだが――

「余のこの、チダンネクスコ、つーかまあ、触角？　これが卑猥《ひわい》な物だとグーグルさんに判定されたらしくてな。それで学校の公式アカウント凍結されちった。ホホ、まことにすまん」

額《ひたい》から生える触角をつんつんと触《さわ》りながら、ハタはいった。

「すまんじゃねーっすよ、校長。うちの生徒が作った動画、それに、新八のオンラインツッコミ無双動画、どうしてくれるんすか」

銀八が画面越しにメンチを切ってくる。ほかのウィンドウに映る生徒たちも、声こそ出さないが非難がましい目を向けてきている。

怯《ひる》みつつも、ハタは続けた。

「まあまあ、坂田くん。そう怒らずに。いずれまたアカウントを取り直して、君らの動画もアップするから、今回はごめんちゃい」

「ごめんちゃいでチャラにしてたら、全国8000万人の銀八先生ファンが悲しむんすよ」

「レディー・ガガのXのフォロワーぐらいいんのね、君のファン」

引きつった笑《え》みを浮かべ、ハタはそういうと、「わかった、こうしよう」と続ける。

「アカウントを再取得して、動画をアップして、で、登録者数がいい感じになったら、君がいっているその臨時ボーナスとやらに少し色をつけようじゃないか」

「色っつって、封筒に絵具かなんかつけるつもりだったら――」

「大丈夫。もうその手の逃げはやんないから」

はは、とハタが汗をかきつつ笑うと、銀八はでかい溜《た》め息《いき》をついて、うなずいた。

「わーりましたよ。今回はそれで手ぇ打ちますわ。とりあえず、あんたは二度とその卑猥なチン●、ユーチューブに載せないように」

「ああ、気をつける」

ハタがいうと、銀八は授業へと戻った。

ハタはタブレットのマイクをオフにすると、ふうと息をついた。

「意外とすんなり許してくれたな」

隣に立つ教頭にそう声をかけると、

「そうですね。怒ってこの部屋に乗り込んでくるかも、と思いましたが」

眼鏡を上げながら、教頭も意外そうにいった。

「うむ、余もそれぐらいはあると思って、あいつがここに来そうだったらソッコー海外に脱出する用意はしておったんじゃが……」

デスクの下に用意したトランクとパスポートをちらりと見て、ハタは続けた。

「どうやらそこまでビビる必要はなかったらしい」

タブレットの画面には、銀八が、だるそうにではあるが、授業をする様子が映っている。

「まあ仮に乗り込んできたとしても、今回悪いのはアンタだけで、俺は関係ねーけどな。ＢＡＮされたのは、アンタのせいだし」

突き放すような教頭のいい方に、ハタはカチンとくる。

「いや、そういういい方はないじゃろう。動画にはお前のチダンネクスコも映ってたんだから、お前も同罪じゃ」

「は？　俺のはちょっと映っただけで、アンタのががっつり映ってるからグーグルもアウトだと判定したんだよ！」

「なにをいうか！　ちょっともがっつりも、映ってしまえば一緒じゃ！」

「一緒じゃねーよ！『ちょっとチダン』は無罪！『がっつりチダン』は重罪！　てゆーか、ほんとはチダンネクスコじゃなくて、あんたの顔が卑猥だって判定されたんじゃねーの？」

「誰の顔が卑猥じゃ！　それいうならおめーの顔も――」

バン！　と、校長室のドアが開いたのはそのときだった。

びくりと固まったハタと教頭に向かって歩いてくるのは、坂田銀八だった。

「さ、坂田先生!?」

ハタと教頭の声がそろう。

「バカ同士の喧嘩《けんか》中すいませんが、ケジメ取らせてもらいに来ましたよ」

冷酷に笑う銀八に、ハタは青ざめる。

「え？　え？　なんで？　君、今、オンライン授業してるはずじゃ……だってほら、この画面にも映ってるし」

タブレットの画面では、銀八が授業をしている様子が映っている。静止画ではなく、ちゃんと動いている銀八だ。

「さ、坂田先生、あんたまさか……」目の前の銀八とタブレットの銀八を交互に指さしながら、教頭がいう。「双子だったのか！」

「バカか貴様は！」ハタがキレる。「なんでそんな重要な設定、九冊目の小説版で初出しするんじゃ！」

「でもだって、ここにもいるし、画面にも映ってんじゃん！　影分身!?」

教頭もパニックになっている。

「今、画面に映ってる俺は……」銀八がいった。「生成ＡＩだよ」

「せ……せいせい？」

「えー、あい？」

ハタと教頭が目を瞬《しばたた》く。

「ああ。俺がここに乗り込む気配見せたら、校長アンタ、ソッコーでフケる気だったろ？　だから、生成ＡＩで作った、授業してる感じの動画をフェイクで流して、油断させたってわけだ」

「せ、生成ＡＩって、そんなことまでできんの？」とハタ。

「さ、さあ？」と教頭は首をかしげる。

「できるんだよ」銀八はにやりと笑う。「これが、ご都合主義最新のテクノロジーってやつだ」

「え、今、ご都合……」

「とにかく！」

銀八が大声で遮《さえぎ》る。

「あんたのその卑猥なイチモツで、俺たちの動画がしばらくお蔵入りになっちまったんだ。責任とってもらうぜ？」

「え、ちょ……」

「今からあんたのこの……」

といって、銀八はハタの触角を握りしめた。

「待っ、ちぎるの!? チダンちぎるの!? ちぎらないで！ 余のチダン、ちぎらないで！」

「ちぎらねーよ」

「……へ？」


後日――

新たに作られた、銀魂高校公式ユーチューブチャンネルに、こんな動画が投稿された。

床に縦長の大きな模造紙が敷かれている。その近くには、バケツに入った墨汁。

カメラが横に振られると、触角部分にモザイクのかけられたハタが立っている。

ハタはバケツに向かって頭を垂れ、触角を墨汁にひたすと、手は使わず、頭を動かして器用に模造紙に文字を書きつけた。

決してうまくはないが、勢いのある書きぶりで、模造紙にはこう書かれた。

銀魂　3年Z組銀八先生　アニメ放映　2025年10月スタート！

「みんな、観るのじゃぞ！」

ハタがいって、手を振り、動画は終わった。

投稿からまる一日経った頃、新八はスマートフォンでその動画を見た。

再生回数は、11回だった。

「すっくな！」

第二講

工場で作ったチョコだけど、その工場を作ったのは人間の手だから、これはある意味手作りチョコだ、という小学生の理論というか屁理屈

1

「はあ……」

種類の多さに、来島《きじま》また子《こ》は溜《た》め息《いき》をつくのだった。

デパートのチョコレート売り場である。

あと二日で、二月十四日、バレンタインデー。

本編『銀魂《ぎんたま》』では、「紅《あか》い弾丸」などという恐ろしげな異名を持つまた子だが、女子高生としての今は、茶色い弾丸《チョコレート》のことで頭がいっぱいなのだった。

チョコを贈りたい相手は、もちろんあの人物。

——晋助《しんすけ》様……。

銀魂高校で、「高杉《たかすぎ》一派」と称される、不良グループ。自身も所属するそのグループのリーダーである高杉晋助。

心酔するあの御方《おかた》にチョコレートを贈りたいのだが、店頭に並ぶチョコレートは、値段も大きさも箱のデザインもさまざまで、どれを選べばいいかまったくわからない。

「チョコレートで悩んでるの？」

不意に左からかけられた声に顔を上げると、同じクラスの女子生徒——志《し》村《むら》妙《たえ》が立っていた。

「あ、や」

こんなところで知り合いに会いたくはなかった。気まずさと照れくささで顔が赤くなる。

「高杉くんに？」

お妙にそうきかれ、

「ち——」

また子は反射的に否定しかけたが、見抜かれている以上、意味のない否定だ。

「……や、だけじゃなくて、万斉《ばんさい》先輩とかにもッスよ……」

と、返しておいた。

そう、という感じに微笑《ほほえ》むと、お妙は続けた。

「ね、来島さん。私と一緒にチョコ作らない？」

「は？」

だしぬけな誘いに、また子は目を瞬《しばたた》いた。

お妙が続ける。

「私、毎年バレンタインには全校の男子に義理チョコをばらまいてるんだけどね、や、ほ

ら、そうやって年に一回軽く媚《こ》びておけば、なにか困ったときに助けてもらえるじゃない。たとえば『私の自転車のタイヤの空気入れておいて』とか、『あいつの自転車のタイヤの空気抜いておいて』とか」

あけすけな発言だが、お妙のキャラは知っているので、また子に驚きはない。

「でね」と、お妙が続ける。「その義理チョコなんだけど、今年はお店で買ったやつじゃなくて、一応手作りにしようと思ってるのよ。だから、明日の放課後、家庭科室で作るつもりなんだけど、来島さんも一緒にどう？」

どうといわれても返答に困る。お妙とは普段から仲良くしているわけではないのだ。にもかかわらず声をかけてくれたのは、面倒見がいい姉御《あねご》肌《はだ》の性格ゆえだろう。

どうしよう。迷う。

だが、こうやって店の前でどれを買うか悩み続けるくらいなら、いっそ自分で作ってしまったほうがいいのではないか、とも思った。手作りのほうが晋助様も喜んでくれるかもしれないし、それに、万斉先輩や武市《たけち》先輩、似蔵《にぞう》の分も作っておけば、あの三人に渡す流れで晋助様にも自然に渡せるかもしれない。

「じゃあ……うん」

また子はお妙にうなずいた。

2

「えと……アンタらも一緒なんスか？」

翌日の放課後、家庭科室には、お妙のほかに、クラスメイトの神楽《かぐら》と、保健体育教師の月詠《つくよ》もいた。

「私はパピーと3Z《ずぃー》のみんなに義理チョコ渡したいアル！」神楽が元気よくいった。「あとは、土下座してお願いされたら、バカ兄貴にやってもいいけど」

「わっちも義理チョコじゃ。職員室で配ろうと思ってな。まあ、大人《おとな》の社交じゃ」

腕組みをした月詠もいった。

「というわけなのよ、来島さん。義理チョコってたくさん必要でしょ？　だから人手もいるかと思って、この二人にも声をかけたのよ」

お妙がニコニコといった。

「そうッスか。まあ、別に……」

とだけ、また子は返す。

別に何人で作ろうとどうでもよかった。高杉に贈るチョコさえちゃんと作れたら、また

子はそれでいいのだ。

そこへ、不意に声がした。

「義理チョコを作る？　あんたたち、それ本当でしょうね？」

調理台の下の物入れから出てきたのは、猿飛《さるとび》あやめ——さっちゃんだった。

「ぬしは普通に出てこられんのか」

月詠が呆《あき》れたようにいった。

が、かまわずさっちゃんは続ける。

「あんたたち、義理チョコを作るっていってるけど、本当はこっそり銀八《ぎんぱち》先生への本命チョコも作るつもりじゃないでしょうね？」

「邪推しないで、猿飛さん」お妙がいう。「たしかに、銀八先生へのチョコも作るけど、それはあくまで義理チョコよ。特別な意味はないわ」

「どうかしらね」

と、さっちゃんは眼鏡《めがね》を光らせる。

「あんたたち、先生へのチョコに変な薬とか入れるつもりなんでしょう？」

「変な薬？」と月詠。

「そうよ。たとえば、『わっち』とか『ありんす』とか、『なんとかアル』とか、『なんとかっス』みたいな、喋《しゃべ》り方に特徴のある女に惚《ほ》れさせる薬とか」

「入れるわけないじゃろーが！」と月詠。

「そーアル！　そもそもそんな特殊な薬あるわけねーだろ！」

「あ、あと、私は関係ないっスから！　勝手にライバル視しないでほしいんスけど！」

　また子も慌《あわ》ててつっこんだ。

「あら、ごめんなさい、来島さん。流れで一緒にしちゃった。そうよね。あなたは高杉くん一択だものね」

　悪びれもせず、さっちゃんがいう。くっとまた子は顔を赤らめつつ歯噛《はが》みする。

「変ないいがかりはよしてちょうだい、猿飛さん」お妙が穏やかに言葉を挟んだ。「喋り方に特徴のある人を好きにさせるなんて、そんな『ウィッチウォッチ』の魔法みたいなことできるはずないでしょ」

「お妙さん、あなたが入れるとするなら、『薄い胸の女に惚れさせる薬』ね」

「殺したろかァァァ！」

　一瞬でキレたお妙の飛《と》び蹴《げ》りを、さっちゃんはひょいとジャンプしてかわす。

「おい、ぬしら、家庭科室で暴れるんじゃない」

　教師らしく、月詠がいった。

「こうしてバレンタインに向けて集まったんじゃ。みんなでさっさとチョコ作りにとりかかったほうがよかろう」

「集まったといっても、私は猿飛さんには声をかけてませんけどね」

まだ怒りの残るお妙がいった。さっちゃんも続ける。

「というか、ツッキー先生。私は銀八先生への本命チョコだけを作りたいんです。ツッキー先生たちは義理チョコを作りたいんでしょう？　一緒には作れません。――来島さん」

と、さっちゃんがまた子に続ける。

「あなたも高杉くんへの本命チョコだけでいいんじゃない？」

「や、私は、ほかの先輩とかにもあげるつもりっスから……」

「本命チョコを作りたい者は作ればよかろう」月詠がいう。「じゃが、その前に一旦みんなで義理チョコを作ってしまわんか？」

猿飛、と月詠は続ける。

「ぬしも、あの白髪《しらが》の教師に渡す以外に、クラスメイトに義理チョコを配ってもよいと思うぞ。意外に気配りのできる女子だと、あの担任もぬしを見直すやもしれん」

「え……」

そのパターンは考えてなかった、という感じで、さっちゃんはハッとした。義理チョコを配ったくらいで、銀八のさっちゃんへの態度が変わるのか、また子には怪しく思えたが、さっちゃんは月詠の提案に乗った。

「わかったわ、ツッキー先生。私もみんなと一緒に義理チョコ作ります」

そう宣言すると、さっちゃんはすぐにテキパキと準備を始めた。

「じゃあ、とりあえず、私たちの結束を固めるために、この、溶かしたチョコがなみなみと入っているポリバケツにみんなで入るところから始めましょう！」

躊躇《ちゅうちょ》なくバケツに入り、早々とチョコまみれになると、さっちゃんが続けた。

「さあ！　みんなも早く入って！」

「入るわけねーだろ！」神楽がドガシャアとポリバケツごとさっちゃんを蹴り飛ばす。

「なんで本編だけじゃなく、小説版でもチョコにつからなきゃいけないアルか！」

「やっぱ……」

キレる神楽を見ながら、また子は顔をひくひくとさせて、呟《つぶや》くのだった。

「来るんじゃなかったかな……」

3

「一口に手作りチョコといっても、いろんなパターンがあると思うのよ」

さて、仕切り直して始まった義理チョコ作り。開口一番、お妙がいった。

「だから私、家でいくつかサンプルを作ってみたの。見てくれる？」

お妙が調理台に四つのタッパーを置き、ふたを取った。

直後、お妙以外の顔が引きつったのだが、お妙は気づいていない。

「右から順に、ガトーショコラ、トリュフ、レーズンチョコ、チョコラスクなんだけど、どういうのがいいかしら？」

――いや、どういうのがいいって……。

――右から順に、暗黒物質、暗黒物質、暗黒物質、暗黒物質なんスけど！

――ビジュアル全部黒焦げなんスけど！

また子が内心でシャウトする横で、月詠が言葉を選びながらいった。

「ま、まあ、あれじゃな。どれがいいというか、あくまでこれは参考にしつつ、みんなで考えればいいんじゃないか」

また子たちも、うんうんとうなずく。

頬《ほお》に手を当てて、苦笑まじりにお妙がいう。

「そうね。たしかに私が作ったチョコをみんなが再現するのは難しいだろうし、みんなで考えましょうか」

――難しいってか、再現すんの無理だろ……。

と、また子は内心でつっこむ。そこへ、さっちゃんがいった。

「ねえ、まずはどんなチョコにするか、デザインを決めるところから始めましょうよ」

「いいわね。外見ってすごく大事だから」

お妙も同意する。いや、あんたが作るやつは、外見全部黒焦げだから！　というツッコミは各人が胸の中で。

ともあれ、スケッチブックを取り出して、さっちゃんが早速プレゼンを始めた。

「――私が思うに、バレンタインのチョコって大前提として相手を喜ばせるためにあると思うの。だから、こんなデザインのチョコはどうかしら？」

と、さっちゃんがスケッチブックに描いてみせたのは、ゴルフボール大の丸いチョコレートに革紐《かわひも》がついたもの。

「これを口にはめてもらって、フガフゴいってもらうのよ」

「いやそれ、ＳＭプレイの道具っスよね！」

また子がつっこむと、さっちゃんはキリッといい返す。

「この道具の名称は、『ボールギャグ』よ！　覚えておいて！　まあ、これに関してはチョコボールギャグだけどね！」

「どーでもいいっスよ！　つーか、これで喜ぶ層は限られてるだろ！」

「あのね、来島さん」さっちゃんはそこでボールギャグをつけて、続けた。「フガフゴフガホゴ！」

「わかんねーよ！　なんで後半部分いう前につけたんスか！」

「まあ、猿飛のこれは論外だが――」

と、口を開いたのは月詠だった。

「義理チョコに遊び心を加えるというのはアリかもしれんな。というわけで、わっちはこんなのを考えてみた」

月詠もどこかからスケッチブックを取り出して、なにかを描き始めた。で、見せる。

「クナイをチョコレートでコーティングしたものじゃ」

「いや、危ないっスよね！　てか、普通にクナイの形のチョコでよくないっスか!?」

「食べ終わったら使えるのが魅力じゃ」

「食べ終わる前にケガするっスよ！」

「ほかにも、手裏剣をチョコでコーティングしたもの、撒《ま》き菱《びし》をチョコでコーティングしたもの、手裏剣を撒き菱でコーティングしたものもあるぞ」

「いいんスよ、シリーズ化しなくて！　あと最後のはチョコでもないっスよね！　忍具を忍具にまみれさせただけっスよね！」

「二人とも奇をてらいすぎアル」

と、そこへ神楽が発言した。

「難しく考えないで、こういうのは普通にハートの形でいいネ」

といって、神楽が見せたスケッチブックには、スキンヘッドで超肥満体の男が描かれていた。顔の横には吹き出しもあって、「いてえよ〜！」とセリフも書かれている。

「いや、これ、『北斗《ほくと》の拳《けん》』のハートっスよね！　ハートってこっち!?　ハート様のほう!?　わからない子は画像検索してね！」

「ハート様は丸っこいからチョコにしやすいアル」

「だとしても不気味だろ！」

「神楽ちゃん、さすがにハート様は変よ」お妙がいって、スケッチブックを開いた。「黒《こく》王号《おうごう》にしなさい」

「いや、黒い馬ァァ！　『北斗の拳』でラオウが乗ってた黒くてでかい馬ァァ！　色的にチョコに近いっスけど！　わからない子は画像検索してね！　つーか、これ以上『北斗の拳』ネタは若い読者に酷《こく》っスよ！」

「ねえ、私、まだ北斗のボケしてないんだけど？」

さっちゃんがスケッチブックを開こうとしている。

「カブせなくていいんスよ！　つーか、なんだ北斗のボケって！」

「ねえ、チョコペンでクッキーに言葉を書くのはどう？　手作り感出るんじゃない？」

そこへ、新たな提案をしたのはお妙だった。

「なるほど、チョコペンか」月詠がうなずく。「で、どんなことを書く？」

「たとえば、そうですね……」

お妙がチョコペンを手にして、クッキーに文字を書き始めた。

「『拝啓　暦《こよみ》の上では春になりました……』」

「なげーよ！」また子がすかさずつっこむ。「クッキー一枚にそんな文字数書けないっスよね！」

「また子、お米にお経を書く人もいるアル！」

「だからなんなんスか！　今関係ねーよ！」

てゆーか！　と、また子はみんなの顔を見渡していう。

「もう普通に正方形のチョコとかでよくないっスか？　そこに『ハッピーバレンタイン』とかベタなこと書いてあるみたいな。だって、義理チョコっスよね？」

「たしかに、義理チョコのデザイン決めだけで時間をとられるのはよくないな」月詠がいった。「よし、正方形に、『ハッピーバレンタイン』、これでいこう」

その一言で、とりあえず義理チョコのデザインは決まった。今までの時間はなんだったんだ、と思わなくもないが、これで次のステップには進めた。

ただ、ここにきて、また子には一つ気になっていることがあった。

義理チョコは数が必要だから神楽と月詠にも声をかけた、とお妙はいった。が、お妙は全校の男子に義理チョコを配るつもりでいる。だとするなら、この人数でも人手は足りないのではないか、と思うのだ。予定していなかった、さっちゃんの参加があってもだ。何十個、いや、ことによると何百個と作らないといけないだろうから。

「あの、今更っスけど……」

と、また子はその懸念を口にした。

「たしかにそうね。私たちだけじゃ厳しいかもしれない」

お妙は認めた。

「でも、大丈夫よ。今日は頼もしい助っ人を呼んであるから。そろそろ来てくれる頃よ」

お妙がいったとき、ちょうど家庭科室に入ってきた者がいた。

4

現れたのは、機械《からくり》人形のたまと、同じく機械人形のモモちゃん。そしてモモちゃんの腰かけた車椅子《くるまいす》を押す、百地《ももち》乱破《らっぱ》だった。みんな、3Zの生徒である。

「この人たちに手伝ってもらおうと思ってるの」

お妙がニコニコといった。

「私には調理モードがありますから、皆さんのチョコレート作りのお力になれると思います」

たまがいい、百地も続ける。

「モモちゃんにも調理モードがある。力を貸すぞよ」

「心強いアル！」

神楽は喜び、月詠もうなずいている。が、さっちゃんだけは疑いの眼差《まなざ》しを機械《からくり》人形たちに向けた。

「ちょっと、大丈夫なんでしょうね？　あなたたちの調理モードって品がないってきくわよ」

「品ならアンタもないアル」

「うるさいわね！」

神楽とさっちゃんがいい合ったあと、たまがいった。

「ご指摘の通り、過去の私の調理モードは品位に欠ける点がありました。しかし、今は改良されています。もう昔のように口からもんじゃ焼きを出すようなことはしません」

「そんなことしてたんスか……」と、また子はたじろぐ。

たまが続ける。

「今回皆様がお作りになるのはチョコレートですよね？　今からデモンストレーションとして、私のチョコ作りを一度ご覧にいれます」

そういうとたまは、調理台に用意されていた、溶かすための割れチョコを口に入れ、バリバリと咀嚼《そしゃく》した。そして、

「調理モード・ＯＮ！」

といった直後、両目と鼻からドバシャアとチョコレートを噴出させた。

「出るとこが口じゃなくなってるだけでしょーが！」珍しくさっちゃんがつっこむ。「チ

ョコレートフォンデュやってんじゃないのよ！　固めたチョコを作りたいの！」

「固めたチョコなら、モモちゃんが作るぞよ」

百地がそういうと、後ろ向きで椅子に上がったモモちゃんが、お尻の穴からコロンコロンとチョコレートを放出し始めた。

「だと思ったわよ！」さっちゃんがキレる。「なんなの？　この方向のボケ、一回はやらないといけないの!?」

「モモちゃんのお尻から出るチョコは、色も形も硬さも匂いも自由に設定できるぞよ」

「匂いってなに!?」

「猿飛さん、あまり文句ばかりいっちゃダメよ」お妙が穏やかにいう。「せっかくこうして応援に来てくれたんだから、モモちゃんがお尻からウン、チョコを出すぐらいなによ」

「今、いいかけたわよね！　てゆーか、文字の並び的には、いっちゃってるわよね！」

「や、あの、来てもらったのはいいんスけど……」と、ここでまた子がいう。「実際にどうやって手伝ってもらうんスか？　この機械《からくり》二体に」

「そなたら、どんなチョコを作るか、案はあるのか？」

百地がきく。

「まあ、一応は……」

こんなやつなんスけど、といって、また子は、スケッチブックに、さっき決まった義理チョコのデザイン——正方形に、「ハッピーバレンタイン」という文字——を描いてみせた。

「なるほど。して、数はいくつ必要ぞよ」

「そうねえ」とお妙。「とりあえず千個くらいかしら」

千個！　また子は驚いたが、百地は動じていない。

「できるんスか？　そんな、千個なんて」

「案ずるな」と百地はいう。「モモちゃんと、このたまが合体すれば、そなたらの望むデザインのチョコを正確に、そして大量に作ることが可能ぞよ」

「が、合体？」

また子は声を高くする。

「百聞は一見に如《し》かずぞよ」

いうと、百地は、たまに向かってうなずいた。

「はい」と、たまはうなずき返すと、「合体！　工場モード！」と声を発した。

直後、たまの両目が光りだした。たまは、モモちゃんの前に立つと、モモちゃんの膝《ひざ》の上に腰を下ろした。ガシャン！　という大きな連結音のあと、モモちゃんの椅子の背もた

れの側面から、ステンレスの板のようなものが出てきた。左右から出てきた板は、たまとモモちゃんの体——首から下を囲っていき、銀色の筐体《きょうたい》のような形で落ち着いた。そして、その筐体から、ゴゴゴ、とベルトコンベアのようなものが伸びて、合体シーンは終わった。

「機械《からくり》合体。その名も、『モモちゃんとたまちゃんとチョコレート工場』ぞよ」

映画のタイトルのように百地がいった。

「いや、モモちゃんとたまちゃんがチョコレート工場っスよね!? この場合!」

また子はつっこんだが、百地は気にしたふうもなく淡々と説明を始める。

「この筐体の下にある材料タンクに材料を入れ、あとはこの投入口に——」

と、元は椅子の背もたれだった部分にあいた、横長の穴を示していう。

「そのデザイン画を入れれば、あとは自動的にチョコが作られていくぞよ」

「ここにっスか……」

また子はスケッチブックから、デザインの描かれたページを破りとると、示された投入口に差し込んだ。紙片が吸い込まれていき、ややあって機械《からくり》の作動音がし、筐体前部にあいた穴から、デザイン画通りのチョコレートが出てきた。大きさは四センチ四方くらいで、厚みは五ミリくらいか。「ハッピーバレンタイン」というホワイトチョコで書かれた文字もちゃんと入っていた。

「おお！　できてるアル！」

神楽が素直に感動の声を上げる。

ベルトコンベアの途中にはゲートがあり、チョコがそこをくぐると個包装もされるようだった。コンベアの終点には、出来上がったチョコが貯まっていくボックスもある。

「まさしく工場じゃな」

月詠が感心してみせた。

たしかにすごい、とまた子も思った。でも——

——こうなるともう「手作りチョコ」じゃないっスよね……。

苦笑まじりにそう思うのだった。だって、「工場」で作っちゃってるわけだから。

しかし、それはもういわないことにした。一応デザインは自分たちで考えたわけだし、これ以上義理チョコ作りに時間をかけるのもしんどかった。

「千個ならば、三十分もあれば作れるぞよ」と百地。

三十分か。ならばその間に、

——晋助様へのチョコをどんなのにするか考えるっスかね……。

また子がそう思ったところへ、お妙がいった。

「じゃあ、来島さん、義理チョコができるのを待ってる間に、高杉くんへチョコを渡す練

習をしておきましょうか」

「……は？」

　というわけで、なぜか家庭科室から、人けのない講堂の裏に連れてこられたまた子であった。

　お妙とさっちゃんが一緒である。月詠と神楽は百地とともに家庭科室に残り、「工場」の様子を見ている。

「いや、いいっスよ、チョコを渡す練習なんて」

　また子は拒《こば》んだが、世話焼きスイッチが入ってしまっているのか、お妙はきき入れてくれない。

「来島さんって、見た目はヤンキーチックだけど、本質はウブだと思うのよね。だから、高杉くんの前で緊張しすぎてチョコを渡しそびれるかもしれないでしょ。絶対練習しておいたほうがいいわよ」

「お妙さんのいう通りね。練習は大事よ」

　さっちゃんもいった。

「私も、バレンタイン当日に向けて、毎日銀八先生にチョコを渡すときのイメージトレーニングをしてるもの。こんな感じで――」

「あ、いいッス。変態女の一人コント見たくないっスから」

なによ！　と、さっちゃんはむくれたが、また子は相手にしない。

お妙が続けた。

「いいから、私に任せておきなさい。あなたのために、ちゃんと練習相手も呼んであるから」

「練習相手……？」

また子が眉根《まゆね》を寄せたときだ。

建物のかげから、一人の男子生徒がゆらりと現れた。うつむき加減なので、顔はよく見えない。だが、眼帯をつけているのはわかる。学ランの前を開け、ワインレッドのシャツを見せた、高杉風のその生徒がいった。

「バレンタインのチョコレートだと？　ふん、そいつは甘《あ》めーのかい？　それとも苦《に》げーのかい？　どっちにしろ、俺ぁただ……壊すだけだ」

「食えよ」

また子はいって、その生徒――武市変平太《へんぺいた》の顔面をゴスッと殴《なぐ》りつけた。

「相変わらず凶暴ですね、あなたは」殴られた鼻をおさえて、武市がいった。「お妙殿に

請《こ》われたから練習台として来てあげたというのに」

「いらないんスよ、変態のコスプレなんか。つーか、アンタもなんでこんな変態に頼んだんスか」

また子はお妙にも抗議する。が、お妙は涼しい顔だ。

「お友達のほうがやりやすいと思ったのよ。この高杉くんじゃダメだったかしら？」

「ダメに決まってるっスよね、こんなまがいもん」

「まがいもんだと決めてかかるから、まがいもんに見えてしまうのですよ、また子さん。『鰯《いわし》の頭も信心から　武市の顔も晋助様』というでしょう？」

「いわねーから！　勝手に諺《ことわざ》、改変すんのやめてくんないスか！」

「この高杉くんがダメなら、じゃあ、もう一人の高杉くんと練習する？」

と、お妙がいう。

もう一人？　と、また子が目を瞬くと、建物のかげから、眼帯をつけた、別の高杉風の生徒が現れた。

「俺ぁただ……結膜炎なだけだ」

サングラスの上から眼帯をつけた、長谷川《はせがわ》だった。

「おめーかよ！」また子はつっこんだ。「てか、クオリティひっく！　なんでグラサンの上から眼帯してんスか！」

「サングラスの下に眼帯をつけたら、眼帯が目立たなくなって、高杉っぽく見えなくなっちまうから、俺ぁただ、壊すだけだ」

「テキトーにいってんじゃねーよ、そのフレーズ！　こいつも腹立つわあ！」

「この高杉くんもダメなの、来島さん」

　困ったわね、という顔でお妙がいった。

「当たり前でしょ。つーか、この二人を『高杉くん』って呼ぶのやめてくんないスか。なんか晋助様がすげー汚《けが》された気がするから」

「仕方ないわね」と、眼鏡を外《はず》してさっちゃんがいう。「こうなったら、私が三人目の高杉くんになってあげるわ！」

　いうやいなや、さっちゃんは眼帯をつけて、学ランに早着替えをし、高杉っぽい髪型のカツラを装着し、叫んだ。

「俺ぁただ！　銀八先生にガンガンにぶっ壊されたいだけだァァあーん！」

「いや、おめーが一番汚してんだろーが！」

　また子はシャウトして、さっちゃんにドロップキックを見舞った。「ぐげふっ」とさっちゃんが吹っ飛ぶ。

「もういいっスよ！　もう練習ナシ！　家庭科室戻るっスよ！」

変態コスプレ大会を打ち切り、また子はさっさと歩きだした。

で、家庭科室に戻ったのだが――

5

「なん、スか、これ……？」

家庭科室に入るなり、また子は目を見開いた。

「やばいアル！」

「なんとかならんのか！」

「今やっておるぞよ」

たまとモモちゃんが合体した「工場」が明らかに異常な状態になっているのだった。

筐体から出ているモモちゃんの首がぐるぐると回転し、たまの両目も激しく点滅している。ベルトコンベアも異音を立てながら止まったり動いたりを繰り返し、筐体のあちこちから煙も上がっている。

「ちょっと、なによこれ！」

「あら、どうしたの」

遅れて家庭科室に戻ったさっちゃんとお妙も声を上げた。

「故障ぞよ」

百地が「工場」のいろんなボタンを押しながら答える。

「いやこれ、故障っつーレベルじゃ……」

「ぬしらが出ていってしばらくは順調だったんじゃが、突然こうなってしまって……」

月詠がいった。百地が続ける。

「なにぶん初めての合体だからな。設定に不備があったのかもしれんぞよ」

「かもしれんぞよって……」

ベルトコンベア上に、今、チョコは流れていない。だが、筐体前部の穴を覗《のぞ》くと、そこにはチョコが詰まっている。

「これ、詰まってんスか？」

「うむ。排出機構のトラブルのようだ」百地がいった。「このままだと、チョコがたまりにたまって、大爆発してしまうかもしれんぞよ」

「だ――」また子は目を剝《む》く。「ちょ、強制終了的なのとか、ないんスか!?」

「やってはいるが、うまくいかんぞよ」

「機械《からくり》の滑りをよくするために、ローションでもぶち込むか？」と月詠。

「絶対ダメっスよね！　素人《しろうと》でもダメってわかるわ！」

そんなやりとりのなか、「工場」から上がる異音と煙はますますひどくなっている。

「叩《たた》いたら直るんじゃない？」

お妙が呑気《のんき》に昭和のお母さんチックなことをいう。

「いや、昔の家電じゃないんスよ！」

と、また子がつっこんだときだ。

「あたたたたたた！　ほわたあ！」

神楽がモモちゃんとたまの頭部に百裂拳《ひゃくれつけん》を叩き込んだ。

「いやバカだろ、お前！　なにやって——」

直後、「工場」が、すん、と静かになった——のは二秒だけで、すぐさまこれまで以上の異音と煙と、そして激しい震動が始まった。

「よし！」と神楽。

「なにが『よし』だバカ！　明らかに悪化してんだろーが！」

つっこむまた子の見ている前で、筐体が膨張《ぼうちょう》し始めた。ステンレスの板の継ぎ目《つめ》が裂けかかっている箇所もある。

「いかんな。本当に爆発するぞよ」百地がいった。「こうなったら――」

百地は筐体側面のボタンをいくつか押した。

変化は、ベルトコンベアに現れた。コンベアがぐるりと回転し、天地が逆になった。

コンベアの裏側だった部分にあったのは、直径三十センチほどの黒い筒状の物体だった。

その筒の先端が持ち上がり、まっすぐに伸びて、「あ」と思う間もなく家庭科室の窓ガラスを突き破った。「工場」の立てる異音に、ガラスの割れる鋭《するど》い音がまじる。

百地がいった。

「チョコレート工場・大筒モードぞよ」

「おお、づつ……？」

「ここで爆発させるくらいなら、外で爆発させるぞよ」

直後、ドーン！　という轟音《ごうおん》とともに大筒の先から無数の義理チョコが発射された。

家庭科室は校舎の三階にある。そこからグラウンドに義理チョコの雨が降り注いだ。

一発では終わらず、ドーン！　ドーン！　と、大筒はチョコを発射し続ける。

「しばらくこうやって発射させておけば、じきに工場も落ち着くぞよ」

「賢者タイムってやつじゃな」

月詠がいった。

「そのいい方やめないっスか⁉」

つっこみつつも、また子は安堵《あんど》した。たまっていたものを放ったからだろう、百地のいった通り、荒れ狂っていた工場も落ち着きを取り戻しつつある。モモちゃんの首の回転も止まり、たまの目も激しい点滅をやめていた。

また子たちは窓辺に寄り、グラウンドを見下ろした。

大勢の生徒たちがなにごとかと集まっている。当然だ。轟音とともにチョコの雨が降り注いだのだから。

「あ、そうだ……」

と、声を上げたのはお妙だった。

ドーン！　ドーン！　と、なおも続く発射の間を縫って、お妙はグラウンドに向かって声を張り上げた。

「皆さーん！　一日早いですけど！　これが私たちからの！　バレンタインチョコでーす！」

「え……？」

また子はお妙の顔を見た。

お妙はいたずらっぽく笑って、いった。

「いいんじゃない？　たまにはこういう義理チョコの配り方も」

口をあんぐりと開け、また子はお妙の顔を見つめた。

お妙の言葉が号令だったかのように、グラウンドでは大勢の男子生徒たちが我先にとチョコを拾い集めている。

「うおおおお妙さんのチョコォォォ！　全部俺のだァァァ！」

ひときわやかましいのは風紀委員長の近藤《こんどう》だ。ほかの生徒を押しのけて、地べたに這《は》いつくばってチョコをかき集めている。

チョコに群がる男子たちの姿は、しかし不思議とみじめなものには見えなかった。大砲の音と歓声のせいで、楽しいイベントのようにも感じられた。

――ま、いいっスかね。

また子も、いつのまにか笑っていた。

6

「おめーら、なにしてくれちゃってんの？」

職員室のデスクに頬杖《ほおづえ》をつき、坂田《さかた》銀八はいうのだった。

家庭科室から大量のチョコが発射された翌日の放課後である。

志村妙、さっちゃん、神楽、そして教師の月詠も、銀八の前に立たされていた。

「家庭科室の窓ガラスを大砲でぶち破って、ドッカンドッカン義理チョコぶっ放すって、バレンタインっつーか、もはや愚連隊《グレンタイ》ンじゃねーか」

「すまん。わっちもついておきながら、こんなことになってしまって」

立場的にそうすべきと思ったのだろう、月詠が先に頭を下げた。

「ツッキー先生は悪くないアル！　これは不幸な事故ネ！」と神楽。

「それに、ケガ人もいなかったわけだし」とお妙。

「あの機械《からくり》さんたちも、あのあとちゃんと直ったしね」とさっちゃん。

やれやれという感じに白髪頭をかくと、銀八はいった。

「ま、いいんだけどね。俺も別におめーらに本気でキレてるわけじゃねーし。校長にいわれたから、なんつーの？　形式的に一応お説教してるだけだから」

「だったらもう帰っていいアルか？」

「いいけど……ん？」と、そこで銀八は気づく。「それはそうと、あいつはどーしたんだよ、あいつ。来島また子。あいつも昨日《きのう》一緒だったたんだろ？」

「来島さんなら、今日は用事があるそうです」とお妙。

「用事?」銀八は片方の眉を上げる。「なんの用事か知らねーが、担任の呼び出しをブッチすんのは感心しねーな」

「でも、来島さんから反省文は預かってますよ」

お妙がいった。

「反省文?」

はい、とうなずき、お妙は提《さ》げていた鞄《かばん》から、一枚のクッキーを取り出した。透明の袋で包装されたクッキーには、チョコペンで、

『すいませんでした　また子』

と書かれていた。

クッキーをつまみ、顔の前でひらひらさせて銀八がいう。

「反省文っつーか、これ、反省チョコじゃね?」

「いいんじゃないですか、今日はバレンタインだし。……あ、そうだ」

お妙はいうと、鞄から、やはり透明な袋に入ったチョコを取り出した。

神楽とさっちゃんと月詠も、同じように鞄やポケットからチョコを取り出す。

「これ、私たちから先生へのチョコです。どうぞ」

四人が銀八のデスクにチョコを置いた。

「えーと、このチョコは……」と、銀八が顔を引きつらせる「……嫌がらせかな？」

デスクに並んだのは、黒い馬の形のチョコと、スキンヘッドで太った男の形のチョコと、チョコボールギャグと、チョコでコーティングされたクナイだった。

「ハッピーバレンタイン、銀八先生」

お妙がいって、笑った。神楽とさっちゃんと月詠も笑っている。

銀八は一瞬ぽかんとした顔になったが、やがて苦笑《にがわら》いしていった。

「……あざーす」


体育館の裏手に、元は部室だったプレハブ小屋がある。

そこが、高杉一派のたまり場だった。

また子はたまり場の引き戸を開けた。

みんながいた。武市先輩がいて、万斉先輩がいて、似蔵がいて、そして部屋の一番奥のソファに、高杉晋助が座っていた。

脚《あし》を組み、また子をちらりと見たが、なにもいわない。

また子は鞄の取っ手をぎゅっと握りしめた。中には、ゆうべ家で作ったチョコが四個入っている。

また子は小さく咳払《せきばら》いした。

「あ、あのー、一応今日、バレンタインってことで、私、チョコ作ってきたんで、先輩方、どうぞって感じっス……」

なるべく軽い調子でいったつもりだが、果たしてうまくいったか自信はない。

また子は、鞄から出したチョコを、万斉、似蔵、武市の順に手渡していった。なにげない感じで、チョコというよりはプリントでも配る感じで配ったつもりだが、これもうまくいったかどうかはわからなかった。

最後、四人目。

また子は高杉を見た。ここで変に立ち止まったり、間《ま》を空けたりしてはいけないのだ。顔が赤くなって、声が出なくなってしまうかもしれないから。

「あの、晋助様、チョコっス。よかったら」

差し出した。

高杉はチョコに視線を向けた。が、なにもいわない。手も出してこない。

二秒だけ待って、また子は、ソファの肘置《ひじお》きの部分にチョコを載せた。

――ま、そうっスよね……。

また子は内心で呟いた。がっかりはしていなかった。「ありがとよ」なんていいながら

受け取ってくれることを一ミリも夢想しなかったとはいわない。でも、こうやってチョコに一瞥《いちべつ》をくれるだけの高杉も、また子の慕う高杉の姿だった。

また子は万斉たちを振り返って、いった。

「えと、手作りなんで、形とか微妙に違うっスけど、味はみんな同じなんで」

「味は同じかもしれんが……」と万斉。自分のチョコと高杉のチョコを交互に見て、続ける。「大きさはずいぶん違うでござるな」その口元には笑《え》みが浮かんでいる。

武市と似蔵も小さく笑っていた。

「え、そ、そんなに、違うっスかね」

また子はとぼけてみせた。

三人のチョコは文庫本を半分にしたぐらいの大きさ。で、高杉のチョコはというと、ジャンプコミックスを五冊重ねたくらいの大きさだった。お慕いする晋助様への想いが溢《あふ》れた結果、そうなってしまったのである。

ひょっとして、このデカさのせいで晋助様は受け取るのをためらったのだろうか、との思いもよぎるが、いや関係ないか、と思い直す。

「帰るぜ、今日はもう」不意に、高杉がソファから立ち上がった。「そろばん塾の日だからよ」

足元にあった鞄をすくい上げ、肩に担ぐ。

また子の視線は、ソファの肘置きに注がれていた。そこに置かれたチョコ。手渡しはできなかった。

だけど、と思う。

せめて、と祈る。

高杉の手が、チョコをつかんだ。また子は息を吸い込んだ。

「ありがとよ」も「もらってくぜ」もなく、高杉は戸口に向かって歩きだした。また子の作ったチョコを持って。

たまり場の引き戸が閉められたとき、また子は忘れていた呼吸を再開した。

よかった、と、じんわり思う。作ってよかった。渡せてよかった。

押し寄せる甘い気持ちに、こっそり口元をゆるめる、バレンタインデーのまた子であった。

第三講

「タイムトリップ」はいいけど、「タイムスリップ」はちょっとミスった感ある

1

とある昼下がり――

白髪頭《しらが》をかきながら、サンダルを鳴らして、坂田銀八《さかたぎんぱち》が向かっているのは理科準備室だった。

銀八の手にはゲーム機――弁天堂《べんてんどう》のヌイッチがある。どうにも調子が悪いので、理科教師の平賀源外《ひらがげんがい》に修理を頼むつもりなのだった。

理科準備室の引き戸を開け、

「おい、じーさん。悪いけど、俺のヌイッチがまたグズりだして……」

と、そこで銀八の声は途切れた。

銀魂《ぎんたま》高校の理科準備室は相当広く、町工場のような工作機械がいくつも置かれている。天井も高い。が、そのことに驚いたわけではない。源外がカスタマイズしたせいで、理科準備室がそうなっていることは、銀八もすでに知っていた。

驚いたのは、見慣れない物体がそこにあったからだ。その物体の傍《かたわ》らにしゃがみ、なにか作業をしていた源外が、ゴーグル越しに銀八を見た。

「なんだ、銀《ぎん》の字《じ》っ　なんか用か？」

「あ、や」

　銀八は室内に入り、引き戸を閉めた。

「ゲーム機直してもらおうと思ってきたんだけどよ……なんだよ、これ」

　物体は乗り物のようだった。全高は三メートルほどだろうか。機体は卵型で、上半分は透明なキャノピーになっており、機体下部には脚《あし》が数本ついている。脚の間には、ジェットエンジンのような筒状の物体もいくつかついていた。

「きいて驚け。こいつは、タイムマシンだ」

　源外がいって、立ち上がった。いてて、と腰をさする。

　銀八は口を開け、目を瞬《しばたた》かせる。

「へっ、なんだ？　驚きすぎて、声を失っちまったか？」

　源外がにやにやと笑う。

「いや、驚きすぎてっつーか、これ……」

　銀八はタイムマシンを指さして続けた。

「完全にドラ●ンボールに出てくるタイムマシンじゃねーか！　トランクスが乗ってたやつ！　大丈夫なのか、権利関係！」

「心配すんな。活字じゃわからねーよ」

「もしアニメになったとき、どーすんだ！」

「ガタガタうるせー野郎だ。見てくれのことなんかより、こいつが本物のタイムマシンであることに感動はしねーのか」

「感動の前によう」と銀八。「サザエさん方式で歳《とし》をとらねえ俺たちの世界に時間軸なんてあんのかよ」

「あるんだよ。実際俺は昨日《きのう》、軽く過去に行ってきたぜ。２０２３年にな」

「去年じゃねーか。軽いにもほどがあるだろ」

「試運転だからな。ともあれ、トラブルもなく行って帰って来られたぜ。マシンの中、見てみるか？」

いって、源外が機体についているボタンを押した。作動音とともにキャノピーが開く。

「いや俺、ゲーム機直してもらいてえだけなんだけどな」

「見たら直してやるよ」

「どーしても見てほしいのね」

作った機械《からくり》は息子みたいなもので、要は息子を自慢したい親父《おやじ》の心境なのだろう。

「しょうがねえな。修理代のつもりで見てやるよ」

機体に梯子《はしご》のようなものはついていなかったから、銀八はマシンの脚部をよじのぼって乗り込んだ。

「Ｚ《ゼット》戦士ならひらりとジャンプして乗り込むぞ」と源外。

「Ｚ戦士じゃねーんだよ俺は」

銀八のツッコミをきき流し、源外は脚立《きゃたつ》を持ってきた。それをタイムマシンの横に立て、自分はそれに登る。シートに座る銀八の前には、ハンドルとコンソールパネルがある。計器類はそれほど多くなく、シンプルな構成だった。

「このテンキーで西暦を入力して、あとはスタートボタンを押すだけだ。簡単だろ」

源外が脚立にまたがったまま、機内に身を乗り出し、コンソールパネルの中央のテンキーを指した。テンキーの上には、打ち込んだ数字が出る表示窓らしきものがあるが、それが二つしかない。西暦というなら、窓は四ケタ分必要に思えるが……。

「行きたい西暦って、じーさん、これ、数字二つしか入んなくね？」

銀八がきくと、源外は答えた。

「このタイムマシンは、２０００年から２０５０年の間にしか行けねーんだよ」

「なんだよ、それ」銀八は小さく笑う。「じゃ、大昔に行ってマンモスが見てえ、とかは無理なんじゃねーか」

「マンモスは無理だが、マンモスうれピーっつってる芸能人なら見られるぞ」

「それは現在《いま》でも見られるんだよ！」

つっこんだあと、銀八はふと疑問を持つ。

「つーかよ、じーさん。これ、『銀魂』の連載が始まる、2003年の12月より過去に行ったら、どうなっちまうんだ？」

「さあな。まあ、空知《そらち》の頭ん中に入っちまうってことはねーだろうが……」

と、源外は首をひねったあと、

「まあ、そんなこまけー話はいいじゃねえか。とにかく、五十年の幅とはいえ、自由に時空を行き来できる機械《からくり》だぜ？　ロマンを感じねーのか、ロマンを」

「はいはい、感じた、感じた。だからそろそろゲーム機を……」

と、銀八はタイムマシンから降りようとした。だが、源外はまだ終わってくれなかった。

「まあ、待て。このコンソールパネルのデザインにはこだわりがあってよ。この——」

と、源外がまた機内に身を乗り出したときだ。源外のつけているゴーグルのレンズが一つ、ぽろりと外《はず》れた。落ちたレンズは西暦を入力するテンキーにがちゃりと当たる。

「おっと、いけねえ。最近よく取れやがる」

源外はレンズを拾おうと手を伸ばした。その手がハンドルの近くのなにかのボタンに触れた、その直後だった。

突然電子機器の起動音のようなものが鳴りだし、コンソールパネルに明かりが灯った。機体が震え始める。

「おいおい、ちょ、これ……」

「おっとすまねえ、うっかり起動させちまった」

レンズを拾った源外が、機内から体を引くと、開いていたキャノピーが閉まり、銀八が一人で機内に残された。

「おい、じーさん！　開けてくれ！　これ、どーやったら開くんだ!?」

「慌《あわ》てんな、銀の字。ハンドルの下に赤色のボタンがあるだろ。そのボタンを押しゃあ開く」

脚立を降りながら、源外がいった。

「これだな？」

銀八は、いわれたボタンを押した。が、キャノピーは開かず、さらには機体全体が輝きだした。

「おい！　開かねーじゃねーか！　つーか、どっかに飛び立つ気満々なんですけど、このタイムマシン！」

「なんだ、開けてくれってのは、『時間旅行への扉を開けてくれ』って意味じゃなかったのか？」

「ふざけたこといってんじゃねーよジジイ！　どういう言語感覚!?　ちょ、マジでこれ、どうやったら止ま――」

2

一瞬なのか、それとももっと長い時間経過があったのか。とにかく、銀八の意識は一度空白になり、また元通りになった。

「………」

機体の中で、周囲に視線を巡らせる。理科準備室、ではなかった。屋外にいる。だが、見知らぬ場所ではなかった。なじみのある場所だ。

「ここは……」

銀魂高校の体育館裏なのだった。ちょっとした空き地になっているそこに、タイムマシンは到着したようだ。

銀八は、はっとして、コンソールパネルを見た。西暦を打ち込むテンキーの上。表示窓

には、「0」「6」と出ていた。源外のゴーグルのレンズがテンキーに当たり、この二つの数字が打ち込まれたのだろう。

「06……てことは……」

銀八はまた辺《あた》りを見回した。

「俺は、2006年の銀魂高校に来ちまった……てことか」

理科準備室ではなく、体育館裏だったのは、誤差ということなのだろうか。

2006年というと、小説版、『3年Z《ずぃー》組銀八先生』の第一巻が刊行された年だ。

過去は過去だが、十数年前。しかも、見慣れた風景の中にいるせいで、銀八に動揺は少なかった。だが、だからといって、のんびりここに留《とど》まっている気もなかった。

「帰るぞ、さっさと」

銀八はテンキーで、「2」「4」と打ち込み、源外が押していた赤いボタン——おそらくは移動開始のボタンだろう、それを押した。

だが、なにも起こらない。代わりに警告音が短く鳴った。

「なんだ?」

コンソールパネルを見ると、計器の一つが、どうやらエネルギーの残量がないことを示している。

「おいおい、マジかよ。ガス欠ってことか？」

どうすりゃいいんだ、と頭を抱えたところで、気がついた。

「そうだ！　こっちのじーさんになんとかしてもらやいいんだ！」

２００６年の源外に事情を話せば、このエネルギーの問題も解決するはずだ。いや、解決してもらわないと困る。

銀八はコンソールパネルを見回し、キャノピーを開けるためのボタンを探した。幸い、それはすぐに見つかった。ボタンを押し、シートから立ち上がると、機体の横に飛び降りた。

体育館を回り込み、校舎のほうに向かって歩きだす。

校舎の壁にかけられた時計を見ると、午前八時半を指していた。そろそろ朝のホームルームの時間だ。

銀八は校舎内に入り、理科準備室のほうへ足を向けた。そのときだった。

「あれ？　先生、どこ行くんですか？」

声に振り返ると、一人の男子生徒が立っていた。２０２４年でも毎日のように拝んでいる顔がこちらを見ていた。

「３Ｚの教室はこっちですよ。今から朝のホームルームでしょ」

と、新八《しんぱち》が階段の上を指さした。

「お、おお。そうだな」

返事をしつつも、銀八は内心で舌打ちした。

――くそ、めんどくせーやつに見つかっちまったな……。

――さっさと源外のジジーんとこに行って、タイムマシンのエネルギーをなんとかしてもらわなきゃいけねーのに……。

――適当なこといって逃げちまおうかな……。

「なにしてるんですか、早く教室行きましょうよ」

新八がいう。

――う、ずいぶんグイグイ来るじゃねーか。

――しょうがねえ……。ここは、さっさと教室行って、ホームルームやっちまうか。

――んで、サクッと終わらせて、じーさんのとこに行けばいいだろ。

――いや待て……。

――俺がホームルームやってるときに、こっちの時代の俺、つまり2006年の銀八が教室に来ちまったらどうする……？

――銀八が二人……どう説明する？

——ええい、もう、そんときゃそんときだ！

というような脳内会議を経て、銀八はいった。

「そうだな、行こう」

階段を上がり、新八に続いて3Zの教室に入ると……いや、正確には入る前からだ、教室は騒ぎ声に包まれていた。

「てめっ、こんのクサレ猫耳女ァァ！　まーた、私の弁当のおかずパクりやがって！　今日という今日は許さないアル！」

「オ前ガ、カロリー取リスギナイヨウニ、私ガ食ベテヤッタンダヨ。感謝シナ」

神楽《かぐら》とキャサリンがもめ、

「やー、お妙《たえ》さん、昨日俺、駅で財布を落としたんですけど、ちゃんと事務室に届けられてたんで、胸をなでおろしましたよ」

「誰の胸がなだらかだって？」

「おごっ!?」

お妙が近藤《こんどう》にアイアンクローをきめ、

「総悟《そうご》、てめえだろ！　俺の椅子《いす》に画鋲《がびょう》三十個も貼り付けたの！」

「土方《ひじかた》さん、それだけじゃありやせんぜ。牛乳を拭《ふ》いた雑巾《ぞうきん》を、土方さんの靴箱に詰め込

んだのも俺でさァ」

「あれもてめえかァァ！」

土方が沖田《おきた》に飛びかかり、

「エリー、何度いったらわかるんだ！　メビュラチェーンではなく、ネビュラチェーンだ！」

『ちょっと間違えただけだろ！　このパチモン紫龍《しりゅう》』

桂《かつら》とエリザベスが小競《こぜ》り合《あ》いしている。

ほかにも、長谷川《はせがわ》が金欠を嘆き、ハム子《こ》がギャルトークに花を咲かせ、阿音《あね》と百音《もね》もなにやら罵《ののし》り合っている。２００６年の3年Z組だから、九兵衛《きゅうべえ》や東城《とうじょう》の姿は見えないが、それでも十分すぎるほどにうるさい教室だった。

だからまあ、銀八としては、ついこういってしまうのだった。

「ギャーギャーギャーギャーギャーうるせえんだよ。発情期ですかコノヤロー」

3

担任の登場で、一応は大人《おとな》しく席に着いた3Zの面々。彼らを前に、教壇から銀八は告げた。

「えー、今から朝のホームルームを始める。日直、号令」

「起立」

と、号令をかけたのは新八だった。

「礼。着席」

みんなが着席すると、銀八はいった。

「はい。みんな今日も一日、ケガなく過ごすんだぞ。以上、ホームルーム終わり！」

さっさと出て行こうとする銀八に、早速新八がつっこんだ。

「いや、終わりですか、先生！　短すぎるでしょ！」

「短くていいじゃねーか。スピーチとスカートと木村《きむら》カエラの前髪は……いや、なんでもねえ」銀八は空咳《からぜき》をしてごまかした。「とにかく、ホームルームは終わりだ」

「そりゃねえぜ、先生！　今日は席替えするっていってたじゃないすか！」

立ち上がって抗議したのは近藤だ。そうだそうだ、と、ほかの生徒たちも声を上げる。

「席替えェ？」銀八は顔をしかめる。「おめーら、高校生にもなって、席替えでテンション上がってんじゃねーよ」

「上がったっていいじゃないですか。席替えって、やっぱりドキドキするイベントですよ」

新八がいい、そこに桂が続けた。

「新八くんのいう通りです。俺も席替えがしたい！　今度は、肘掛《ひじか》けがついて、リクライニングのできる席がいいです！」

「席替えってそういうことじゃねーよ！」

つっこんだあと、銀八は、「つーかよ」と続ける。

「席替えなんて、んなもん、好きなとこ座りゃあいいじゃねえか」

「好きなところ？　だったら私は、先生の膝《ひざ》の上に座りたいです！　膝の下でもいいけど！」

さっちゃんだ。２００６年のさっちゃん節だ。

「好きなところを選べたらつまんないですよ」と新八がいう。「やっぱりくじとか作ったほうが盛り上がると思いますけど」

だよな、そうよね、と同調する者もいる。

銀八はグッと歯噛《はが》みした。

――なにがくじだ！　余計な提案してんじゃねーよ！

――俺はさっさとここを切り上げて、源外のじーさんのとこに行きたいんだよ！

「先生、面倒くさいなら、僕がくじを作りましょうか？」

新八がいって、ノートとペンを用意し始めた。それを見て、銀八はもう今の状況を隠しておくのをあきらめた。

「待て待て、ちょっときいてくれ」

　教卓に手をつくと、銀八は一呼吸置いて続けた。

「悪いが、俺はここで席替えなんかしてる時間はねえんだ。なぜなら……俺は2024年から来た坂田銀八だからだ」

　ポカン、という描《か》き文字が見えるような、生徒たちのリアクションだった。しばし声を失っていた3Zだが、最初に声を上げたのは、新八だった。それはツッコミではなく、戸《と》惑《まど》いの声だった。

「や……え？　2024年っていいました？」

「そうだよ。2024年の世界から来たんだ、俺は。源外の作ったタイムマシンに乗ってな」

「またまたぁ。先生、二日酔いが抜けてないんじゃないですか」

　新八が笑い、ほかの生徒たちもどっと笑った。

「先生、変なお酒飲んだアルか？」

「子供ミタイナ嘘《ウソ》ツイテ、私ノ母性本能ヲクスグロウトシテモ無駄デスヨ」

　まあ信じろというのが無理な話ではあるが、こんな感じに笑い飛ばされると、だんだん

銀八も腹が立ってきた。

「嘘じゃねーよ！　俺はほんとに２０２４年から来たんだっつーの！」

「だったら、先生、証拠見せてくださいよ」といったのは土方だ。「２０２４年から持ってきた品物とかないんですか」

腕を組み、余裕ぶった態度の土方に、銀八はイラッとくる。

「品物ってお前……」

銀八は白衣やズボンのポケットを探ったが、こんなときに限って、製造年月日が入っていそうなタバコもライターも持ってない。

「わ……わかりやすいブツはねえよ。ねえけど！」と、銀八は声を大きくした。「俺は知ってんだよ、この先、この小説がどうなるか、でもって、本編『銀魂』がどうなるかをな」

「マジすか！　じゃあ教えてくださいよ！　この先、『3年Z組銀八先生』がどうなるか」

食いついたのは近藤だ。やっぱりこいつは、ピュアなのだ。

「よーし」

と、いいかけて、銀八は、あ、と口をつぐんだ。

――待てよ……。

――こういうとき、あんまり未来のこと話しちゃダメなんだっけ……？

——なんか、歴史が変わっちゃう的なことが起きるから……。

そこへ、土方がいった。

「委員長、なに本気にしてんすか。2024年から来たなんて嘘に決まってるでしょ」

冷笑を浮かべる土方を見て、銀八はカチンときてしまった。

——このマヨネーズ野郎……！

——もういい！　話しちまおう！

——どうせこいつら能天気だから、ここで俺が喋《しゃべ》ったことなんて、そのうち忘れちまうに決まってる！

というわけで、銀八はいった。

「いいか、おめーら、よくきけ！　この『3年Z組銀八先生』シリーズはな、この先、2025年にアニメになる！　どうだ、驚いたか！」

一瞬の静寂《せいじゃく》。そのあと、新八が咳をした。

「あの、先生、なにいってるんですか？　アニメになるのは、本編の『銀魂』のほうでしょ？」

「こんな、オマケ漫画のスピンオフがアニメになるなんて、世も末アル」神楽もいった。

「いや、嘘じゃねえんだって。マジでアニメになんの。『銀魂後祭《あとのまつ》り』でアニメ化決定が

発表されたとき、両国国技館《りようごく》が揺れたんだから」

「てめ、さっきからなにいってんだよ！」神楽が突然メンチを切る。「両国？　相撲《すもう》の話はしてねーんだよォォ！」

「急にこえーよ！　てか、あれ？　タメ口？　先生と生徒という設定は!?」

「てゆーか、先生。今、さらっとシリーズっていいましたけど、この先も小説はまだ続くんですか？」新八がきく。

「お、おお、そうだよ。小説版はな、八冊ぐれえ出るぞ。あと、劇場版のノベライズも入れたら……」

「劇場版!?」

クラス中の声がそろった。銀八はたじたじになる。

新八がおそるおそるといった感じにきいてくる。

「先生、劇場版って、それ、どういうことですか？　まさか……？」

「そうだよ。『銀魂』はこの先、映画になるんだよ。アニメ映画が三本、あと実写が二本かな」

「そんなことあるわけねえだろォォォ！」新八が叫ぶ。「小説版のアニメ化だ、実写映画だ、先生、夢見るのもたいがいにしてください！」

「や、マジなんだって。あ、ちなみに、坂田銀時《ぎんとき》役は、小栗旬《おぐりしゅん》ね」

「はあァァ!? あんたのどこが小栗旬なんですか！ 大泉洋《おおいずみよう》ならわかるけど！」

「知らねーよ！ 大人たちがそういうキャスティングしたんだからしょーがねえだろ！」

「だったら、私は誰が演じてるアルか！」

「神楽はな、橋本環奈《はしもとかんな》だ」

「そんな女優知らねーんだよォォォ！」

「そうかァァ！ この時代って、橋本環奈はまだそんなにメジャーじゃねェェ！ つーか、このときの橋本環奈はガチで子供だァァ！」

「先生！ 俺は誰が演じたんすか！」

と、きいたのは長谷川だ。

「あー、ええっと」と、銀八は記憶をたどる。「おめーは、映画にゃ出てねえが、オリジナルドラマには出てたな。演じたのは、立木文彦《たちきふみひこ》だ」

「声優と同じかよォォォ！ なんか、手ェ抜いてね!?」

「しかし、あれだな」と、真顔でいうのは土方だ。「なんか……夢みてえな話の割りには、どれも妙にリアリティーがあるな」

「たしかにねェ」と沖田もうなずく。「ちょっと、これが夢か現実か調べたいんで、今か

ら土方さんのほっぺた切り刻んでいいすか？」

「せめてつねれよ。それもヤだけど」

土方のつっこみのあと、新八がおずおずときく。

「え、じゃあ、先生、ほんとに2024年から来たんですか？」

「だーから、ほんとだっつってんだろ。つーかおめーら、本編の『銀魂』がSFコメディなんだからよ、もうちっと、SF的なガジェットっつーの？　信じろよ」

「おいおい、マジかよ！　ほんとに未来から来た先生だぜ！　みんな！　先生にいろいろきこうぜ！」

興奮して鼻息を荒くする近藤を見て、銀八は少し慌てる。

「あ、待って、ごめん。さんざん実写映画のこととかいったけど、ほんとは未来のこと話すのはあんまり――」

だが、生徒たちは止まらない。

「せんせ～、2024年では、『ONE PIECE《ワンピース》』ど～なってんの～？」

ハム子がきいた。『NARUTO《ナルト》』は～？　『BLEACH《ブリーチ》』は～？　と、取り巻きたちもきく。

「だから、答えられねえんだって！」

「じゃあ、『銀牙《ぎんが》 流れ星 銀─』と『ブラック・エンジェルズ』はどうなってるんですか！」と桂。

「レジェンド！　お前だけ世代違くね!?」

　そこへ、土方がいう。

「俺が思うに、２０２４年前後は、『ＳＬＡＭ ＤＵＮＫ《スラムダンク》』が映画化されて大ヒットしてる気がするな」

　すると沖田も、

「土方さん、バスケだけじゃねえ、バレーボール漫画も映画化されて大ヒットしてやすぜ、きっと」

「いや、なんかすげー勘《かん》のいいやつらがいるんだけど！」

「おめーら、未来のジャンプのこともいいけどよ、もっとほかのこともきこうぜ！」

　と、いうのは近藤だった。

「先生！　この先、俺とお妙さんの間には、何人子供が──」

「いねえんだよ！」

　と、即座にお妙がゴリラを蹴《け》り飛《と》ばす。

「じゃあ、私と先生の間には、何人子供が──」

「いねえんだよ！」

と、さっちゃんには銀八がつっこむ。

そこへ、桂がきいた。

「じゃあ、空と君のあいだには、なにがあるんですか！」

「JASRAC《ジャスラック》！」

の一言で、銀八はツッコミの代わりとした。

「やー、でも、ちょっと嬉《うれ》しいですね。この先も、『銀魂』や『銀八先生』シリーズが続いていくっていうのは」新八が爽《さわ》やかにいう。

「きっと新しいキャラクターも増えてるアル！」と神楽。

そこへ、土方がいう。

「俺が思うに、この先、ロン毛で目が細くて下ネタばかりいうやつが出てくる気がするな」

すると沖田も、

「土方さん、それだけじゃねえ、眼帯をつけた僕《ぼく》っ娘《こ》もいやすぜ、きっと」

「だからなんで!?　君たち、特殊能力でも身につけたのかな!?」

と、つっこんだところで銀八は気づく。サクッと終わらせるつもりの朝のホームルームが、どんどん長くなってしまっている。

「まあアレだ、いろいろききてー気持ちはわかるが、とりあえずここまでだ。じゃあな！　俺はもう行く！」

「待ってください！」

教壇を降りた銀八に声をかけたのは、桂だった。

「先生、あと一つだけ教えてください！　……今、何年ですか？」

「それはタイムスリップしたやつがいうセリフだろ！」

脳内がトリップしちゃってるやつにそうつっこむと、銀八は教室を出て引き戸を閉めた。

4

ホームルームという名のボケ合いを切り上げると、銀八は理科準備室へと急いだ。

理科準備室は、２０２４年と同じ場所にあった。

引き戸を開け、工場のような室内に入ると、奥の作業台に向かう源外の背中が見えた。

こちらを振り返り、源外が静かにこういった。

「……そろそろ来る頃だと思ってたぜ」

「……！」

意外な言葉をかけられ、銀八は返答に詰まった。だが、すぐに思い直す。

——これ、アレじゃん……。

——タイムスリップ物でよく見るシーンじゃん……。

過去だか未来だかにタイムスリップした主人公が、キーになる人物を訪ねると、そいつがいうのだ。「そろそろ来る頃だと思っていた」と。説明しなくても大体の事情を知っているのだ、そいつは。

——こいつはラッキーだ。話が早《はえ》ぜ。

源外は銀八に小さくうなずくと、作業台を離れ、今、銀八がくぐった入り口から部屋の外へ出た。先に立って歩く源外のあとに、銀八も続く。

体育館のほうへ向かう源外の背中を見ながら、銀八は、やっぱりだ、と思う。じーさんは、体育館裏に、俺の乗ってきたタイムマシンがあるのを知っているのだ。

ところが、あと少しで体育館の入り口が見えてくるという辺りで、源外は左に曲がり、トイレに入った。まっすぐ奥の個室に向かい、入る。

数分後、用を足した源外が、すっきりした顔で個室から出てきた。

そこで銀八はつっこむ。

「いや、そろそろ来る頃って、便意が来るって意味だったんかいィィ!」

「ここんとこ便秘が続いててな」手を洗いながら、源外がいった。「薬飲んで、水分摂《と》って、運動したら、見事に出てくれたぜ。――ときに、銀の字、なんの用だ？」

マイペースな源外に銀八は地団駄《じだんだ》を踏みそうになる。が、なんとかこらえていった。

「や、まあ、いろいろ説明が大変なんだけどよ……とりあえず一回、理科準備室戻ってくれる？　そこで話すわ」


で、十分後――

銀八は源外とともに、体育館裏に移動していた。

「ほう、こいつを2024年の俺が作ったってか。やるじゃねーか」

タイムマシンを見上げ、源外が嬉しそうにいう。

「感心してる場合じゃねえんだよ」銀八は機体をコンコンと叩《たた》いていった。「さっきもいったように、帰りの分のエネルギーがねえんだ。じーさん、アンタなら、どうにかできるんじゃねえか？」

「そいつは、見てみねえことにはわからねえな」

源外はいって、脚立を開いた。必要そうなものは持ってきていたのだ。

脚立を登り、マシンの中に入ると、源外はしばらくなにか作業をしたあと、箱のような

ものを持って降りてきた。

大きさは、小脇に抱えられるほどだ。鉄製で、側面から太いケーブルが出ていて、ケーブルの先端には掌《てのひら》サイズの板状のパーツがついていた。

「なんだよ、それ。どこにあったんだ？」

「シートの下だ」源外はいった。「一緒に取説《とりせつ》も入ってたぜ。どうやらこいつがエネルギーパックのようだな。たしかに空っぽみてえだ」

「そいつにエネルギーを貯めるってわけか？」

「ああ。だが、エネルギーといっても電気じゃねえ。もっと別のエネルギーだ」

「別の？」

「ああ。取説によると、エネルギーの貯め方はこうだ」

源外は説明を始めた。

「まず、この箱についているテンキーで、戻りたい年代をセットする。お前さんの場合は、2024年だから、『2』と『4』だな」

源外はいって、テンキーを押した。

「でだ。ここからは、ある条件を満たした品物が必要になる」

「条件？」

「ああ。どういう条件かっつーとな、今この時代に存在していて、なおかつ、２０２４年にも存在している——そういう品物だ」

「……？」銀八は眉根《まゆね》を寄せる。「ちょ、あんまよくわかんなかったんだけど……」

「実際に試したほうが早えかもな」

源外はいうと、工具箱の中からスプレー缶を一つ手に取った。

「こいつは、俺が愛用してる、『ＴＵＲＵ５-５５』って潤滑剤だがよ、こいつを、このケーブルの先端にあるセンサーに読み取らせる……」

源外は、右手に持ったケーブル先端の板状のパーツを、左手に持ったスプレー缶に近づけた。ピピッと電子音が鳴る。センサーとケーブルでつながっている箱にはエネルギーの残量を示すゲージがついていて、空っぽだったそのゲージにほんの少しエネルギーが貯まるのがわかった。

「思った通りだ」源外がうなずく。「『ＴＵＲＵ５-５５』は潤滑剤の定番商品だ。２０２４年にもあると思ったぜ」

一連の作業を見て、なんとなく銀八にもわかってきた。

「じゃあ、じーさんアレか。もし、その潤滑剤が、２０２４年より以前に生産終了とかになってたら……」

「エネルギーは貯まらなかったたってことだ」

「う……」

「わかったか？　つまり、このタイムマシンで過去に行った者が、自分のいた西暦まで戻ろうとするなら、少なくともその西暦までは廃《すた》れていない品物から、エネルギーを抽出《ちゅうしゅつ》しなきゃいけねえってわけだ」

「……じーさん、正直にいうぞ」

銀八は一呼吸置いて、いった。

「めんどくさっ！　なにその、エネルギーの貯め方！　めんどくさっ！」

「文句なら2024年の俺にいえ」

「あー、もう、なんだよ！　2006年にあって、2024年にあるもの？　要はロングセラー商品的な物を集めろってこと？」

「まあ、そういうことだな」

「集めろったって、どうすんだよ。俺ぁこっちに金も持ってきてねーし、それにフラフラ歩いてて、万が一こっちの時代の俺と鉢合《はちあ》わせでもしてよ、それを誰かに見られでもしたら、ややこしいことになるぞ」

未来から来たことを、さっき3Zの生徒には勢いで打ち明けてしまったが、さらに大勢の人間に知られるという事態は避けたかった。

「金なら俺が貸してやらんこともない」源外がいった。「あと、鉢合わせだがな、もう、しちまったかもな」

「え？」

源外の視線は、銀八の背後に向けられていた。

振り返り、銀八は「あ」と声をもらした。

数メートル先に、同じように「あ」という形の口で固まっている銀八――つまり２００６年の坂田銀八が立っていた。

「マジかよ……」

と、２００６年の銀八はこちらを指さして、いった。

「トランクスのタイムマシンじゃん！」

「そっち!?」２０２４年の銀八はつっこんだ。「俺がもう一人いる！　とかじゃなくて!?」

5

「――なるほど、事情はわかった」

2006年の銀八はうなずいた。

「要するにおめーは、そういう品物を集めて、エネルギーパックに帰りのエネルギーを貯めなきゃなんねえってわけか」

「ああ。理解が早くて助かるぜ。さすがは俺だ」

「しかし驚いたぜ」2006年の銀八がかぶりを振る。「弁天堂ＯＷｅｅ《オヴェエエ》の調子がわりーから、源外のじーさんを探してたら、まさか未来から来た俺に出くわすとはな」

「おめーらは、どの時代でも俺にゲーム機を直させようとするんだな」と源外。

「それで？」と、2006年の銀八が言葉を継《つ》ぐ。「その、エネルギーを貯めるためのブツは、集められそうなのか？」

「それなんだけどよ」と、2024年の銀八。「金もねーし、あと、この辺フラフラしてて、ヘタに知り合いとかに会ったら、それも面倒だしと思ってよ。まあ、お前には会っちまったけど」

「だったら、俺が集めてきてやろうか？」と、2006年の銀八。

「お前が？」

「ああ。要は、この時代にあって、2024年にも残ってそうな物を集めりゃいいんだろ？　別に外に買い物に行かなくても、職員室戻って、デスクの周《まわ》り探しゃあ、なんか見つかんじゃねーかな」

「いいのかよ、助かるぜ」

「なあ、銀八」

　と、そこへ源外がいった。

「あ?」と、二人の銀八が同時に源外のほうを向く。

「ああ、そうか、両方とも銀八か」源外は頭に手をやる。「あーもう、ややこしいから、おめーは銀八０６で、こっちは銀八２４って呼ばせてもらうぜ」

「なんだよ、それ」と銀八２４。

「なんか、０６のほうが旧型っぽくてヤだな」と銀八０６。

「文句いうな。そのほうが俺も読者も混乱しねえんだよ」

　源外はいうと、校舎のほうを指さした。

「銀八０６だけに任せるのも心配だからよ、俺も理科準備室でなんか探してくるわ。銀八２４は、しばらくここで待っててくれ」

「わかった。すまねーな、源外０６」

「俺には数字いらねーだろ」

そして、待つこと三十分——

銀八06と源外が、段ボール箱を携《たずさ》えて体育館裏に戻ってきた。

「結構良さそうなもんが見つかったぜ」

「俺もだ」

二人はいって、段ボール箱を地面に下ろした。

「おお、なんか知らねーが、いっぱいあるじゃねえか。ありがとよ」

「じゃあ、早速、俺が持ってきたモンからセンサー当ててみるか」

銀八06がいって、手元にエネルギーパックを引き寄せた。センサーを片手に持ち、銀八06が段ボール箱から取り出したものは、一冊の雑誌——週刊少年ジャンプだった。

「おお、ジャンプか！」

「さすがに週刊少年ジャンプは、2024年にもあるだろ」

「もちろんだ」

銀八24がうなずくと、銀八06はジャンプにセンサーを近づけた。

ピピッと電子音が鳴り、エネルギーパックのゲージが、かなり伸びた。

「おお！　すげえ！」銀八24は声を上げた。「さすがはジャンプだ！」

「だが、まだ満タンじゃねえな」

源外がいった。

「どら、俺の持ってきたブツも試してみよう。センサー貸してくれ」

源外は銀八06からセンサーを受け取ると、段ボール箱から自転車のサドルのようなものを取り出した。

「こいつも2024年にはあるだろ」

「まあ、自転車はもちろんあるけどよ……」

サドル部分だけでもいいのだろうか、と怪しむ銀八24の前で、源外はセンサーを当てた。ブッブーという不正解のような音がして、エネルギーパックのゲージが減ってしまう。

「あ、減った！」銀八24はサドルとエネルギーパックを交互に見た。「なんでだよ？　それ自転車のサドルだろ？　サドルだけじゃダメってことか？」

「いや、こいつは自転車のサドルじゃねえ」源外がいった。「こいつは、スイッチを入れると震動して、そこに座ってるだけで脂肪《しぼう》を燃焼してくれるダイエット器具、その名も『サドルンルン』だ」

「なんだその商品！　ねえよ、そんなもん、2024年には！　つーか、2006年にはあったの!?　俺、知らねーんだけど」

「なんでえ、てっきりあると思ったのによ」

源外は首をかしげる。

「どうすんだよ、エネルギー減っちまったじゃねえか」と銀八２４。

「もっかいジャンプに当てたらいいんじゃねえか？」

いって、銀八０６がジャンプにセンサーを当ててみる。が、今度はなんの反応もない。

「ははあ。どうやら、エネルギーを抽出できるのは、一つの品物につき一回だけのようだな」

平然と解説する源外に、銀八２４はイラッとする。

「ははあ、じゃねーんだよ。どうしてくれんだよ、おめーの『サドルンルン』のせいだぞ」

「まあ、待て、２４」と銀八０６がいう。「ジャンプ以外にも、いろいろ持ってきてるから、そっちを試そう。たとえば、これだ」

銀八０６は、段ボール箱からオロナミンCを取り出した。

「おお！　オロナミンCは２０２４年でも愛されてるぜ！」

「だろ？」

銀八０６がオロナミンCにセンサーを当てると、ピピッと電子音が鳴り、ゲージがまたかなり伸びた。

「よっしゃ！」

銀八２４がガッツポーズをすると、

「飲みモンなら、俺もあるぜ」

といって、源外も自分が持ってきた飲み物にセンサーを当てた。するとまた、ブッブー
という音とともに、ゲージが短くなった。

「あれ？　２０２４年には、『ネローグリーン』はねえのか」

見たことのないラベルの貼られた、緑色のびんの飲み物を手に、源外は首をかしげている。

「ねえよ！　つーか、なんだそのパチモン感全開の飲みモンは！」

「アロエ入り抹茶《まっちゃ》風味の炭酸飲料だよ」

「罰ゲーム以外に使い道あんのか、その飲み物！」

「つーか、じーさん、邪魔すんなよな。せっかく俺が正解出してんだからよ」

銀八０６はいって、段ボールから数枚のＤＶＤを取り出した。

「お、そのＤＶＤは……」

「ジブリだ」銀八０６がニヤリとした。「あるだろ？　２０２４年にも」

もちろんだ、と、銀八２４が答えるより先に、銀八０６はジブリのＤＶＤにセンサーを当てた。正解の電子音とともに、ゲージがぐんと伸びる。『ネローグリーン』のマイナス

を補って余りあるジブリのパワーだった。

「なるほど、ＤＶＤか。だったら俺のも使ってくれ」

そういって、源外も一枚のＤＶＤを差し出してきた。

「ミルクパン後藤《ごとう》の単独ライブのＤＶＤだ」

「誰なんだよ、そいつは！」銀八２４はつっこんだ。「ミルクパン後藤？　２０２４年に活動してるとは思えねえんだけど!?」

「知らねーのか、ミルクパン後藤。『ネローグリーン』の一気飲み芸とか最高だぞ」

「知らねーやつが知らねージュース飲んでるだけですけど!?」

「いい加減にしろよ、じーさん」銀八０６がいう。「もっとベタなもんでいいんだよ。ほかにねーの？　その箱ん中」

「あとはそうだな……」源外は段ボール箱を覗《のぞ》き込《こ》むと、いった。「……『スペシャル・サドルンルン』『ハイパー・サドルンルン』『サドルンルン・改』『サドルンルンでＧＯ』『漫画で読むサドルンルン』……」

「サドルまみれじゃねーか！　今すぐ捨ててこい、その箱!!」

銀八０６と銀八２４のツッコミがそろった、そのときだった。

突然背後から、すさまじい衝撃音がきこえた。銀八たちは、思わず首をすくめる。

「――！」

振り返り、銀八たちは絶句した。

タイムマシンが消えている。いや、消えたのではなく、元あったタイムマシンの上に、新たなタイムマシンが乗っかっているのだ。

元あったタイムマシン、つまり銀八24の乗って来たタイムマシンは、原型をとどめないほどに潰《つぶ》れてしまっている。その上にある新たなタイムマシン――機体の外観は銀八24のものと同じだったが、そのキャノピーが開き、乗っていた人物が声を上げた。

「うおっ！　俺が二人いる！」

三人目の坂田銀八であった。

6

きけば、2018年から来た銀八なのであった。

弁天堂のゲーム機、SD3の調子が悪くなり、源外に修理を頼みに行った、2018年の銀八。そのあとは、2024年の銀八とまったく同じパターンで、この2006年にタイムスリップしてきた、ということらしかった。

「まったく進歩がねえんだな、おめーらは」

という源外のコメントに、銀八24がすぐさま反論する。

「進歩がねえのは、あんたのゴーグルのレンズだろーが！　ポロポロ、ポロポロ落ちやがって！」

そこまでいって、銀八24は「ん？」となにかに気づく。

「おい待て。2018年からコイツが来たってことは、2018年にはもうタイムマシンが完成してたってことか？　でも、2024年のじーさんは、初めて完成させたみたいな感じだったぞ」

「おおかた二日酔いで、うっかりスクラップにしちまって、そのあとタイムマシンのことなんざ忘れちまってたんじゃねーか？　2018年の俺が」

「テキトーだな！　科学者なら、そこらへんちゃんとしろよ！」

「やー、しかし驚いたぜ」と銀八18がいう。「タイムスリップした先に、先客の俺がいたなんてな」

源外がいった。

「なんだか、酔っちまいそうだな。見てくれが同じ三人が並んでるのを見てるとよ」

「そんなに同じか？」と、銀八06がいう。「年代的には俺が一番若いんだぜ？　こいつ

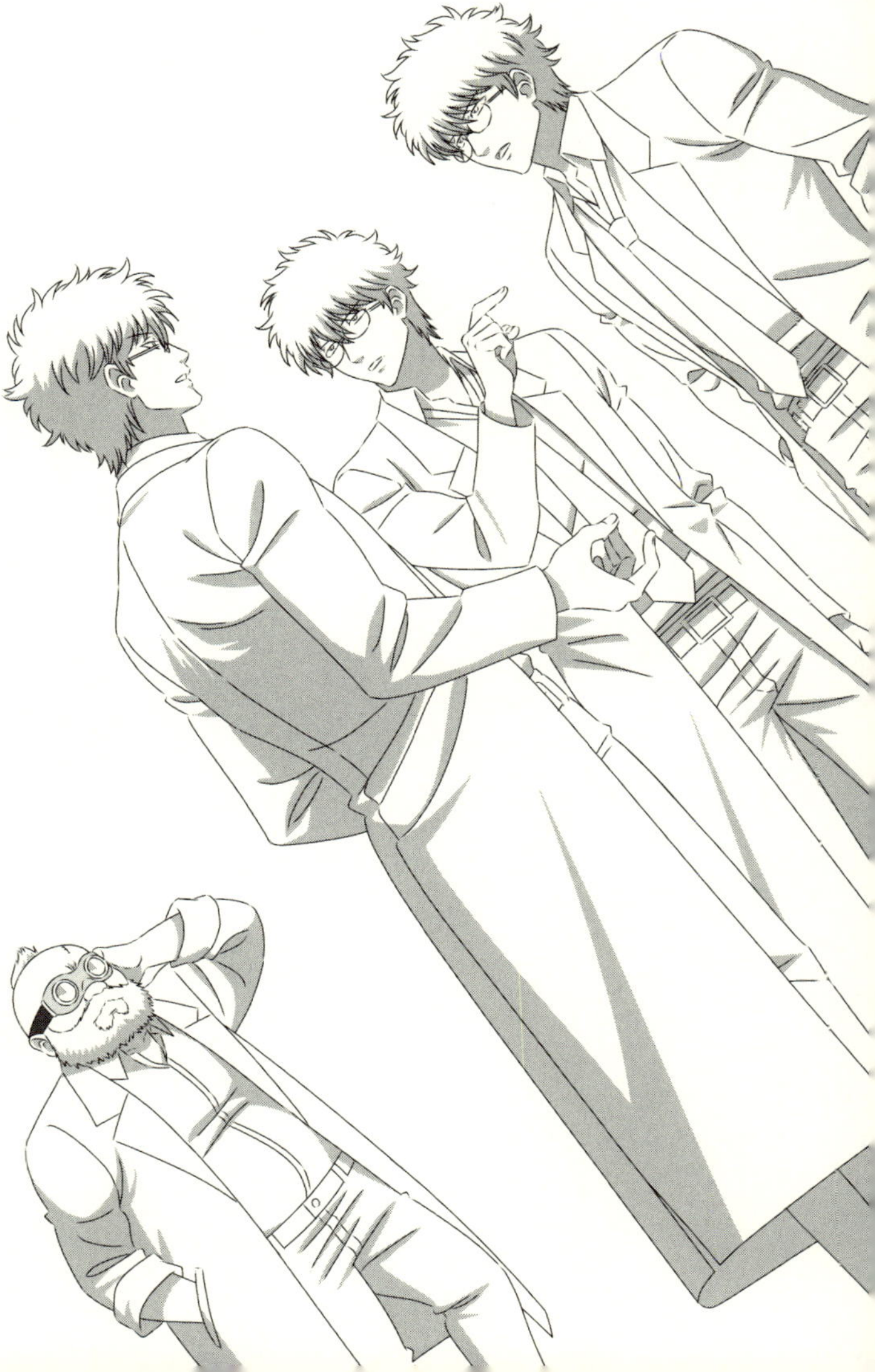

ら二人、よく見たらほうれい線、ちょっと深くね？」

「かわんねーよ」

「一緒だろ」

銀八２４と銀八１８が順に返した。

「まあ、それはともかくだ」と、銀八２４が言葉を継ぐ。「この２００６年に、三人の銀八がいるのはまずい。つーわけで、俺と、この銀八１８はそれぞれの時代に戻らなきゃいけねえわけだが……見ろ、俺の乗って来たタイムマシンはオシャカになっちまってる」

「うん。それに関してはごめん」と銀八１８。

「別に気にしなくていいぜ。お前だって、別にあそこに着陸したくてしたわけじゃねーだろうしな」

「そうそう、そうなのよ」

「だがまあ、悪いが、あのタイムマシンは俺が使わせてもらうぜ」

銀八２４がそういうと、銀八１８は、「あ?」と固まった。

「お前が使う?　あれを?」と銀八１８。

「ああ。あれで、俺は２０２４年に帰らせてもらうぜ」

「待て待て。あれは俺が乗ってきたタイムマシンだぞ」

「どうせ、俺が乗ってきたタイムマシンと操縦方法は同じだろ。幸い、エネルギーは貯まってるしな」

銀八24はいって、傍らに置かれたエネルギーパックを指さした。

銀八18が、「いやいや」とかぶりを振る。

「別に操縦方法のことを心配してんじゃねえんだよ。あれは俺が乗ってきたんだから、俺が乗って帰るんだよ」

「お前が潰したんだぞ、俺のタイムマシン」

「だから、わざとじゃねえっていってんだろ」

「モメるんじゃねえよ、お前ら。同じ銀八なんだからよ」

源外がたしなめたが、銀八18と銀八24のいい合いは続いた。

「俺は正当な権利を主張してんだよ！」

「ただのワガママだろーが！」

口論する二人の銀八を見て、源外は溜《た》め息《いき》をつくと、エネルギーパックを拾い上げた。

「誰が乗るか知らねーが、好きに決めてくれや。俺は、このエネルギーパックを取り付けておくぜ」

そういって、タイムマシンのほうに歩きだす。

「おい、06」銀八18が銀八06にいった。「お前は、あのタイムマシンにどっちが乗るべきだと思うんだ？　俺か、24か」

「おお、そうだよ、お前が決めてくれ」と銀八24もいう。

「そうだな……」銀八06は顎《あご》に手をやると答えた。「まあ、俺だろうな」

「はあ!?」二人の銀八の声がそろう。

「なんでお前なんだよ」と銀八24。

「お前はこの時代の住人だろうが」と銀八18。

「俺も興味があるんだよ、時間旅行ってやつに。だから、一回乗らせろ」

「ふざけんな。乗る必要がねえやつは乗らなくていいだろ」と銀八24。

「俺たちのほうが切実なんだよ！」と銀八18。

「あのな。今、じーさんが取り付けてるエネルギーパックに、エネルギーを貯めてやったのは俺だぞ？　俺にだって乗る権利はあるんだよ」と銀八06。

「たまたまデスクに置いてあったもん、持ってきただけだろーが」と銀八24。

「それによ」と、銀八18。「お前がどっかの時代に行って、もしなにかのトラブルが起きて戻ってこられなかったらどうすんだよ？　2006年に、2024年と2018年の銀八が取り残されることになるんだぞ」

「そうなったら、2006年のじーさんにタイムマシン作ってもらえよ」

「待ってられるか、そんなもん！」また二人の銀八の声がそろう。

そこへ、源外が戻ってきた。

「まーだモメてんのか、おめーら。エネルギーパックはつけておいたぞ」

「よし、俺が乗る」と銀八24。

「俺だよ！」と銀八18。

「いいや、俺だ」と銀八06。

「あー、もう、じゃあ、こういう考え方はどうだ？」銀八24がいった。「年長者の意見に従うんだ」

「年長者？」と銀八06。

「源外のじーさんに決めてもらうってことか？」と銀八18。

「そうじゃねえよ。俺たち三人の中で、一番の年長者だ。……となると、おのずとわかるよな？　この三人の中では、2024年の俺が一番の年長者だ。だから、俺のいうことをきけ」

「なんだその屁理屈《へりくつ》」

「見た目がまったく一緒で、年長者もクソもねーだろ」

銀八06と銀八18が順にいった。

そして、銀八18が新たな提案をする。

「あ、だったらよ。こういうのはどうだ？　2006年と、2018年と、2024年。『銀魂』の歴史において、一番重要なトピックがあった年のやつがタイムマシンに乗れるってのは」

「なんだそりゃ」と銀八06。

「重要なトピック？」と銀八24。

「ちなみに、2006年は、『銀魂』関連でなにか大きなことあったか？」

銀八18がきくと、

「そんなもん、未来から来たお前なら知ってるだろ」銀八06は答えた。「2006年は、『銀魂』のアニメがスタートする年だよ」

「2024年は？　『銀魂』に関して、なにか大きなトピックあるか？」

と、きかれて、銀八24は「う……」と言葉に詰まる。

「2024年はだな……えーと、あ、そうだ！　『銀魂展』があるってきいたぜ！」

「銀魂展ねえ……」

銀八18は余裕綽々《よゆうしゃくしゃく》といった顔つきで何度もうなずいてみせた。

「なんか腹立つな、こいつの感じ」と銀八06。「じゃあ、2018年はなんか、でけーことあったのかよ?」

「ああ。あったぜ」銀八18は大きくうなずく。「ちなみに俺は、2018年の12月から来たんだけどよ、この年は、実写映画の第二弾が公開された年だ。それともう一つ。節目っていう意味では、こっちのほうがメモリアルだな」

　銀八18はもったいつけるように間をとって、続けた。

「2018年は、『銀魂』が週刊少年ジャンプでの連載を終えた年なんだよ！　どうだ、メモリアルだろ！　トピックとしてでけーだろ！　だから、俺が一番すげーんだ！　はい！　というわけで、タイムマシンには俺が乗ります！」

「ふざけたこといってんじゃねーよ！」

　と、かみついたのは銀八24だ。

「週刊少年ジャンプでの連載を終えたメモリアルな年？　なにほざいてんだ！　そのあとのことといってやろーか？　ジャンプGIGA《ギガ》に掲載誌を移したものの、予定の話数で終わらず、さらにアプリに移動して、やっとこさ完結したんだよ！」

「マジで?」という反応は銀八06。「引っ越ししすぎだろ」

「い、いいだろーが、別に！　終わる終わる詐欺《さぎ》漫画の面目躍如《やくじょ》だろーが！」

「開き直ってんじゃねーよ！　とにかくタイムマシンには俺が乗る！」

いや俺だ、待て俺だ、と、一向に意見がまとまらない三人に、源外は呆《あき》れたのか、離れたところに座り込みハナクソをほじっている。

「ええい、こうなりゃ――」

と、銀八24がタイムマシンに向かってダッシュすると、

「あ、てめっ！」

「強行突破かよ！」

二人の銀八が追ってきた。

三人の銀八がタイムマシンによじのぼり、一つしかないシートを奪い合う。押し合いへし合いしているうちに、誰かの手が西暦を入力するためのテンキーに触れ、そしてまた誰かの手が移動開始の赤いボタンに触れた。

タイムマシンが起動し、機体が振動し始めた。

「あ――」

三人の銀八が硬直した。

タイムマシンが発光し、そして――

ドガシャア！と、タイムマシンが着陸したのは、３Ｚの教室だった。

ドアや壁や、いろんなものを破壊しながらの着陸だったが、幸いケガ人はいないようだった。

教壇には銀八がいて、新八をはじめとした３Ｚの生徒たちもいる。

当然ながら、全員が呆気《あっけ》に取られて、突然の来訪者たちを見つめていた。

銀八０６が教室の壁にカレンダーを見つけて、指さした。

「おい、どうやら俺たち、２０４０年に来ちまったみてーだぞ……」

「２０４０年……」

銀八２４は、銀八４０や3Ｚを見回して、いった。

「なんか……あんまっつーか……全然変わってねーな、２０４０年の俺や、３Ｚ《こいつら》……」

「いや、ちょっとは変わってるだろ、見ろ」

銀八１８が銀八４０を指さした。

「２０４０年の銀八は、俺たちより、ちょっとだけほうれい線が深い」

「一緒だろ！」

銀八０６と銀八２４の声がそろった。

そこへ、新八４０が叫んだ。

「いや、なにが起きてんですかこれェェェ！」

２０４０年においても、新八のツッコミのテンションは健在のようだった。

「おいおい、おめーらよお」と銀八４０がダルそうにいう。「どういう事情で現れたのか知らねーが、厄介事《やっかいごと》持ち込まねえでくれよ。俺はこのあと、源外のじーさんのとこ行って、ゲーム機直してもらうんだからよ」

「それはやめとけ！」

三人の銀八の声がそろった。


その後、銀八０６と銀八１８と銀八２４は、２０４０年の源外に、なんやかんやいろいろ協力してもらって、それぞれの年に帰ることができたのであった。


２０２４年の理科準備室に戻ってきた銀八から顚末《てんまつ》をきいた源外はガハハと笑った。

「いろいろ大変だったみてーだな。疲れて、ほうれい線が深くなってるぞ」

ああ、と疲れた顔で銀八はうなずいた。

「まさに、ＳＦ（少し・老けた）だ」

第四講

運動会だけでも憂鬱《ゆううつ》なのに、そのうえ球技大会まであんのかよ

って運動が苦手な人は思いがちだけど、

卓球とかはヘタでもそれなりに楽しいからどうだい

1

体育館に整列した生徒たちが、ステージにいるお登勢《とせ》理事長に注目していた。

演台のマイクに向かい、お登勢が口を開く。

「細かいことをぐちぐちいうつもりはないよ。私がいいたいのは一つだけ。あんたら今日は、ルールを守って暴れな」

お登勢はそこでにやりと笑《え》むと、一転、声を張り上げた。

「それじゃ、これより、第何回か私もよく覚えちゃいない、銀魂《ぎんたま》高校球技大会を始めるよオォォ！」

こめかみに筋《すじ》を浮かべた、お登勢の開会宣言にあおられたように、生徒たちは「うおおおお！」と拳《こぶし》を突き上げた。なんかもう、フェスみたいである。

ステージの下で、

「開会宣言は余《よ》がやりたかったのに、なんで理事長が……」

と、グジグジいうハタ校長へ、

「たまには学校行事を仕切りたかったんでしょ。ただの気まぐれですよ」

教頭が冷めたコメントを返したが、熱気とざわつきが膨《ふく》らみ始めた体育館の中で、二人のやりとりに注意を向ける者はいなかった。

そんな生徒たちの中に、志《し》村《むら》新八《しんぱち》の姿もあった。

新八は、今年の球技大会の実行委員の一人だった。今日の本番を迎えるにあたって、実行委員会では何度も話し合いが行われた。そこで決まったことをクラスに持ち帰り、ホームルームで説明するのも実行委員の仕事だった。当日に向けて準備しておくものは多く、決めておくべき事柄も多岐《たき》にわたった。連日の裏方仕事で、正直新八はヘトヘトだったが、同時に充実感も味わっていた。

自分たちの準備がおろそかになると、今年の球技大会はうまくいかない——使命というと大げさだが、その思いが新八に活力を与えてくれた。

そして本番の今日、新八に与えられている役目は、各試合会場の見回りだった。

見回りといっても、各試合には審判係の教員や生徒がおり、なにか問題が発生すれば、彼らが対応することになる。新八の見回りは、あくまで補助的なもので、気分的には観戦がメインだった。

バスケットボール。

ソフトボール。

卓球。

これらが、今年の銀魂高校の球技大会の種目だった。

優勝賞品は図書カード二千円分。学校の球技大会に優勝賞品があるのは、教育上どうなんだと思わなくもないけれど、そこは銀魂高校だから、ということでスルーしてもらいたい。

開会式が終わると、生徒たちは各々《おのおの》試合場所へと散っていく。

実行委員は、一旦グラウンドに出て、委員会のテントに集まり、そこで軽い打ち合わせをして、それぞれの持ち場につくことになる。

打ち合わせのあと、新八は早速、試合を見て回ることにした。

「まずは、バスケの試合から見て行こうかな」

新八は体育館へと足を向けた。


球技大会で消化すべき試合は多い。

体育館に近づくと、早くもボールが床を打つ音や歓声がきこえてきた。

館内に入ると、そのボリュームがさらに大きくなる。

銀魂高校の体育館はかなり広く、バスケットボールのコートが2面取れる。新八から見て、手前のコートで、ちょうど3Z《ずぃー》のチームが試合を行っていた。

土方《ひじかた》が華麗《かれい》なドリブルで相手のガードをかわしていき、シュートを決めた。

コートの近くでは、ハム子《こ》をはじめとする、3Zのギャルたちがそんな土方に黄色い歓声を上げている。

「ちょ、流川《るかわ》みたい！　惚《ほ》れそう！」

ガングロのハム子が頬《ほお》を染めている。

そのハム子の顔をつかんでドリブルしようとしたのは、沖田《おきた》だ。

「いだだだ！　ちょ、私の顔、ボールじゃねえから！」

「おっと、すまねェ、丸いからボールかと思ったぜ」

沖田はそんなS発言をしながら、なおもハム子の顔をボールに見立てて、3《スリー》ポイントシュートを打とうとする。

「ふざけてんじゃねえ、総悟《そうご》！　試合に集中しろ！」

土方が叱《しか》りつけ、へーい、と沖田は軽く返す。

この二人以外のメンバーは、斉藤終《さいとうしまる》、山崎退《やまざきさがる》、隈無清蔵《くまなくせいぞう》の三人だった。要は風紀委員で固められたバスケチームなのである。

結構期待できるんじゃないかな、と新八は思っている。本編では真選組《しんせんぐみ》の面々なのだ。

個々の身体能力はばらつきこそあれ、みんな高いだろうから——と思ったが、どうやら違ったようで……。

さっき注意されたことへの仕返しだろうか、沖田が不意に土方の顔面めがけて剛速球を投げた。パスに見せかけた、明らかな嫌がらせだ。反応できず、土方の顔面にボールがぶち当たり、痛そうな音が響く。

「てめっ、ドッジボールじゃねんだぞ！　総悟！」

キレる土方に、

「すいやせん。でも、ドッジなら顔面セーフでしょ」

沖田は邪悪に笑う。

「そうか、そうだったな……」

土方は歯ぎしりすると、ドリブルで相手陣営に切り込む……かに思えたが、すぐに止まってノールックで沖田の顔面めがけてボールを投げ返した。が、読んでいたのだろう、沖田は難なくキャッチして、土方の腹めがけてボールを投げ返した。下腹《したばら》にボールをくらった土方が、「ぐほっ」とうめき、「……のやろう！」と負けじと剛速球を投げ返した。こうなるともうドッジボールと変わらない。土方のボールを、しかしひらりとかわす沖田。ボールはコート外に飛んでいき、沖田はそのボールを拾う代わりに、ハム子の顔をつかんで、今度はほんとに投げた。「いや、投げんのかい！」と新八。ハム子の体が土方に向かって飛んでいく。

飛んできたハム子をキャッチし、土方も投げ返す。沖田がキャッチし、また投げ返す。ガングロギャルを投げ合う二人に、

「いや、アンタらのスポーツ、それなに!?　てか、ハム子さんを解放してあげてください！」

新八がつっこむと、

「わかったよ、置いてくる」

沖田がいって、レイアップシュートの要領で、ハム子をゴールのリングの上に置いた。

「いや、置いてくるって、そっち!?」

「やだ、花道《はなみち》じゃん！　どんだけ～」

ハム子もリングの上で、なぜかまんざらでもない。とまあ、そんなことがありながら、では、土方と沖田以外の三人のプレーはどうかというと——

斉藤終は、スケッチブックを小脇に挟んでプレーしているから、ドリブルもシュートもパスも基本的にやりにくそうだ。

「スケッチブック《それ》置きゃあいいでしょーが！」

新八はつっこんだが、

『これを離すと俺は死ぬ』と、斉藤がスケッチブックに書いて返す。

「アンタそんな設定でしたっけ!?」

隈無清蔵は、コートに落ちたわずかな埃《ほこり》も気になって、すぐに掃除を始めてしまうから、ほとんど試合に参加していない。

「なにしに来たんですか、アンタは！」

「仕方がないでしょう！　ここは埃だらけ！　そして、なんやかんやでタマ菌とチ●毛だらけなんですから！」

「いや、タマ菌とチ●毛はそんなにないはずだろ！」

もうこうなったら山崎だ。あの人は、影が薄いから、黒《くろ》●のバスケ的に巧みなパス回しを期待できるかも——と思ったら、今日は全然影が薄くなくて、それどころか、

「おいクソどもォォォ！　さっさと俺にパスよこしやがれェェェ！」

マウンテン殺鬼《ザキ》モードになっている。

「いや、なんで今日その姿!?　いつもの山崎さんでよかったのに！」

やたらもめる土方と沖田、残る三人もバスケのプレーの体《てい》をなしていない。

そこで気づく。そういえば、近藤もバスケにエントリーしていたはずだ。このチームに

いないとすると、どこだ？

と、思ったら、近藤は隣のコートで試合をしていた。チームメイトと円陣を組み、なにやら作戦を打ち合わせているようだが、チームメイトは全員ゴリラだった。

「なんで⁉　どういう経緯でそういうチームになったんですか！」

だが、ゴリラ五頭のチームは意外にも華麗なチームワークを見せてくれた。ゴリラがインターセプトしたボールを、素早くゴリラにパスし、ドリブルで切り込んだゴリラが、フェイントを入れてパスを出した。いいところに走り込んでいた近藤《ゴリラ》がそのパスを受け、

「ウホッ！」

と、豪快なレイアップシュートを決める！

「いやそこはダンクシュートであれよ！」

そうつっこんだ新八の肩をトントンと叩《たた》く者がいた。

振り返ると、桂《かつら》が立っている。

「新八くん、フルーツバスケットの試合会場はここかな？」

新八は息を吸い込んだ。が、つっこまず、それを溜《た》め息《いき》として吐き出した。

「もう……はい」

気を取り直して、バスケの次はソフトボールである。

グラウンドに出ると、女子のチームが試合をしていた。対戦しているのは、3年Z組のAチームと、Bチームだった。つまり、同じクラス同士の対戦となっているわけだが、エントリーチームが多いと、こういうことも起こる。

新八は一塁側から試合を見ることにした。

ピッチャーは、たまだった。キャッチャーはキャサリン。

そして、バッターボックスに今入ったのは、神楽《かぐら》だった。

「さあ、来いアル！」

バットをかまえ、神楽がたまに鋭い視線を送った。

たまが、第一球を投げる。ソフトボールだから当然下手《したて》投げだ。機械《からくり》のなせるわざか、コントロールはよく、なかなかの球威で、ボールがキャッチャーミットにおさまった。ストライク、と審判が告げる。初球は見るつもりだったのか、神楽は手を出さなかった。

「いい球放るだろう」

新八の隣に源外《げんがい》が立った。

「そうですね。でも、神楽ちゃんのパワーなら打っちゃうんじゃないですか」

新八がいうと、源外はにやりと笑った。

「どうだかな。今日のたまは、球技大会用に改造してあるからな」

「球技大会用に？」

いぶかる新八の横で、源外がたまに声をかけた。

「たま、回転投法を見せてやれ」

はい、わかりました、と、たまが律儀《りちぎ》に返事をよこす。

「回転投法って、あれですか？　あの、ウインドミルってやつですか？」

新八はいった。腕をぐるんと一回転させて投げるやつだ。

「いや、そっちじゃねえ」

源外がいうのと同時に、たまの首がぐるんぐるん回転しだした。

「いや、首《そっち》が回るの!?」

その状態でたまは、普通に下手投げをした。

「首の動きで相手の意表をつく投げ方だ」と源外。

「いや、ルール違反でしょ！」

と、つっこむ新八だったが、さすがは神楽というべきか、奇妙な投法に幻惑されることなく、

「ふんがっ！」

と、バットを一振り、見事に打ち返した。が、瞬間、新八は「危ない！」と声を上げていた。ライナー性のピッチャー返しになって、たまの顔にボールがぶち当たったのだ。衝撃でたまの頭がボロリと取れてしまう。

「ごめんアル！　たま！」

神楽がいったが、源外が「気にするな、神楽！」と声をかける。

「たま！　新しい頭だ！」

そういうと、源外は、頭を失ったまま立ち尽くすたまに、新しい頭を投げた。たまの体に新しい頭が乗っかり、くるくると回転したあと、ぴかーんと光る。

「いや、ジャ●おじさんですかアンタ！」

新八はつっこんだが、ともあれ、たまは復活した。

そこで、神楽が思い出したようにいった。

「あ、打ったんだから、走らないといけないアル！」

え、そうなのかな？　と、新八は一瞬戸惑《とまど》う。こういう中断が入ったとき、バッターランナーはどうするんだっけ？

だが、新八の戸惑いなど、神楽には関係ない。

「定春《さだはる》、おいで！」

定春を呼ぶと、その背にまたがって走りだした。

「いや、走るならせめて自分で走らないと、神楽ちゃん！」

新八はいったが、

「定春、最近運動不足アル！　せっかくだから一緒に球技大会に参加するアル！」

ウキャホウと楽しげな神楽を乗せて、定春は勢いよく一塁を蹴《け》り、二塁に向かう。が、
二塁ベースの上で不意にピタリと止まると、顔をしかめた。

「え……？」

新八の嫌な予感は当たり、定春は二塁ベースの上に、見事なウン●を産み落とした。

「いや、最悪じゃねーか！　どこでなにさせてんだ！」

「運動したらお通じが良くなったみたいアル」

神楽はいうと、定春の背から飛び降りて、

「ここからは自分で走るアル！」

三塁に向かって駆けだした。

それを見た、二塁手のさっちゃんが、

「そうはさせないわ！」

近くに転がっていたボールを拾って三塁に投げようとした。が、運悪くそのとき、さっちゃんの眼鏡《めがね》がずれてしまった。そのせいで、さっちゃんは、ボールではなく、定春のウン●をつかんで三塁に投げた。

「いや、さっちゃんさん、それボール違う！　ソフトなボールだけど、ソフトボール違う！」

だが、さっちゃんの投げたボール、いやウン●は、三塁手の九兵衛《きゅうべえ》がかまえるグラブから大きくそれてしまった。コロコロと遠くに転がってしまったウン●。それを見た九兵衛が冷静にいう。

「大丈夫だ！　ボールはまだある！」

そういうと、九兵衛の肩になぜか乗っていたビチグソ丸が、新たなウン●を供給した。

そのウン●を手に、神楽を待ち構える九兵衛。

「だから、なんでウン●がボール代わり!?」

三塁手の九兵衛と、二塁手のさっちゃんが、神楽を挟む。なぜか挟殺《きょうさつ》プレーになっているが、今更《いまさら》そんなこと誰も気にしていないだろう。九兵衛とさっちゃんはウン●を投げ合って、神楽に迫っていく。

「神楽ちゃん、運の尽きだ！　ウン●だけに！」

九兵衛がいった。

「いや、うまくねーよ！」

だが、神楽は敏捷《びんしょう》だった。一瞬の隙《すき》をついて九兵衛の脇をすり抜け、三塁を蹴ってホームへと向かった。もうこうなると、ルールもへったくれもない。

「よっしゃ、1点アルゥゥ！」

ホームベースにスライディングしようとする神楽。それを待ち構えているのは、キャッチャーのキャサリンだ。そのキャサリン、

「ソウハサセネーヨ！」

いつのまにか鋭い棘《とげ》が無数についたショルダープロテクターを装着していた。

「なに装着してんだアンタ！　男塾《おとこじゅく》の狙不斗暴流《ソフトボール》ですかコレは！」

九兵衛がキャサリンにウン●を投げる。だが、そのウン●は、キャサリンのミットにおさまる前に、神楽が途中でキャッチした。

「神楽ちゃんが捕っちゃうの!?」

「テメー！」キャサリンは神楽に向かって肩を突き出した。「クシザシニシテヤルヨ！」

ショルダープロテクターの棘が、神楽の体をとらえる——寸前、神楽は手の中にあったウン●をキャサリンの顔に投げつけた。

顔面にウン●がスパーキングして、キャサリンが尻もちをつく。その隙に、神楽はスライディングを成功させた。

「やったアル！」神楽はホームベースで飛《と》び跳《は》ねた。「やっぱり白球を追うのって楽しいアル！」

「いや、途中から茶球でしたけどォォ!?」

青空の下で、新八のツッコミが響いた。


ブラウンボール――いや、ソフトボールの次は、卓球の試合を見に、新八は講堂へと移動した。銀魂高校の講堂は、スポーツでの使用も想定した造《つく》りになっているので、球技大会でも使用されるのだった。

ちなみに新八のエントリーしている種目も卓球だったが、自分の試合が始まるのはもう少し先だ。それまでにほかの試合を見ておくことにした。

複数用意された卓球台で、すでに試合が始まっている。

「お、あれは……」

近くの台で、３Ｚの今井《いまい》信女《のぶめ》が試合しているのが目に入った。

相手はよそのクラスの女子だが、なかなか鋭い球を打ってくる。が、さすがは信女、そ

れを無表情で難なく打ち返している。だけではない、信女はドーナツを食べながら打ち返している。丸いドーナツが輪になった、「マスタードーナツ」のポンテリングだ。

「いや、信女さん！　食べるか卓球するかどっちかにしましょうよ！」

新八はいったが、信女は気にした様子もない。

「腹が減っては戦《いくさ》はできぬっていうからね」

カコンと打ち、はむっとドーナツを食べる。カコン、はむっ、カコン、はむっ、と、リズミカルに繰り返す信女に、隣の台で試合する男が注意した。

「ながら卓球は感心しませんね、信女さん」

佐々木異三郎《ささきいさぶろう》である。その異三郎は、スマホでメールを打ちながら試合している。

「いや、あなたも、ながら卓球じゃないですか佐々木さん！　つか、令和の佐々木さんはスマホなんですね！」

新八の指摘にも、異三郎の顔は変わらない。

「エリートは連絡する相手も用件も多いのですよ」

「だったら、私のこれもエリートゆえよ」と、信女がいう。「エリートは食事時間も満足にとれないほど忙しいの」

と、そのとき、信女の相手が踏み込んで鋭いスマッシュを打った。一瞬の虚《きょ》をつかれたのか、信女の口からポンテリングが落ちる。が、信女は体勢を立て直し、見事に打ち返した。相手コートめがけて、まっすぐにポンテリングが飛んでいく。

「いや、ドーナツ打っちゃってるじゃないですか！」

そしてそのポンテリングは、相手選手の口に入った。

「これで5点ね」と信女。

「いや、相手にドーナツ食わせたら5点とかそんなルールねえから！」

「まったくいわんこっちゃない。ながら卓球をするから、そんなことになるのですよ」

と、いった直後、異三郎にも相手からの鋭いボールが来た。うっかりだろう、異三郎はラケットの代わりにスマホを鋭く振ってしまい、しかもそれが卓球台の縁《へり》に当たって、スマホの画面がバキバキになってしまう。

「いや、アンタも、ながら卓球の弊害《へいがい》出てるから！」

新八はつっこんだが、異三郎は、

「ご心配なく。エリートは常に代替機を持ってますから」

といってガラケーを取り出す。

「やはり私はこちらのほうが手にしっくりきますね」

そういうと、ガラケーでボールを打ち返す異三郎。

「いや、そっちで打つんかい！　ガラケーっつーか、もはやガラケットじゃね!?　その使い方！」


エリートたちの、およそエリートらしからぬ試合につっこんだあと、新八は少し離れたコートで、３Ｚの男子生徒の試合が行われているのに気づき、そちらに移動した。

卓球台を挟んで、互いに闘志を燃やしているのは、陰陽師《おんみょうじ》の結野晴明《けつのせいめい》と巳厘野道満《しりのどうまん》である。

晴明の応援のためだろう、外道丸《げどうまる》も来ていた。クリステルの姿は見えないが、これは本人が控えたのかもしれない。自分がいると、兄や道満の気が散ってしまうと考えて。

「道満よ」と晴明が静かにいう。「我ら両家の確執《かくしつ》にはひとまず終止符が打たれておるが、だからといってわしはこの試合、貴様に譲る気はないからそう思え」

「笑止」と道満は薄く笑う。「最初から全力で来い、晴明。まあ、全力を出したとて、貴様には万に一つも勝ち目はないがな」

と、いった直後、道満のケツから血がブバッと噴《ふ》き出した。ぐっ、とうめいて道満が膝《ひざ》をつく。

「いや、試合開始前からダメージ負ってるじゃないですか！」

「これしきはハンデよ」

と、強がる道満からのサーブで、試合は始まった。

先にスマッシュを決め、点を取ったのは道満だったが、晴明もすぐに取り返す。一進一退の試合展開だった。

「おーおー、バチバチだねえ、陰陽師対決」

声とともに新八の隣に立ったのは、坂田《さかた》銀八《ぎんぱち》だった。球技大会の日でも、この人は白衣にサンダルというスタイルだ。

そういえば、とそこで新八は思い出す。

「先生も、卓球にエントリーしてましたよね」

「おー」と銀八。「図書カード欲しいからな、ジャンプ買うために」

「なんで卓球にしたんですか？」

「んなもん、決まってんだろ。外は暑《あ》ちーからソフトボールはナシ。バスケはいっぱい走んなきゃいけなそーだしよ」

いや、卓球の運動量だって相当なもんだと思いますが、といいたいところだったが、会話はそれぐらいにして、今は晴明と道満の試合に意識を向けることにする。

白熱のラリーが続いている。どちらも譲らない。

「ふはは！　やるではないか晴明！　陰陽術より卓球のほうが得手《えて》と見える！」

「ぬかせ道満！　はっ！」

晴明のスマッシュが決まり、ボールがコートからずいぶん遠いところまで転がっていく。

審判が代わりのボールを出そうとしたが、予備のボールを入れておいた箱が見当たらないようだった。

「あら、予備の球ねーんじゃねーの？　台の下か？」

銀八がいって、腰をかがめて卓球台の下を見ようとした、そのときだ。

「球ならあるんでござんすよ」

外道丸がいって、銀八の腰を金棒でぶん殴《なぐ》った。ドゴッ！　という音のあと、銀八のズボンの裾《すそ》からキ○タマが二個、転がり出てくる。

「予備の球ゲットでござんす」

「いや、どんな調達の仕方ァァ!?」銀八が腰をおさえて喚《わめ》く。「つか、本編でも思ったけど、俺のキ○タマどういう仕組みになってんだコレ！　着脱自在!?」

「外道丸、使わせてもらうぞ！」

晴明が法力を使ってキ○タマの一つを自分の手元に引き寄せた。

「いや、使用の許可は俺にとれ！　俺のキ○タマなんだからよ！」

銀八が抗議するが、陰陽師はきいていない。道満も同じように、もう一つのキ○タマを自分の手元に引き寄せた。

二人の陰陽師が、二個のキ○タマをラケットで激しく打ち合い始めた。球が二個になったので、ラリーはいっそうめまぐるしくなる。

「うおおお！　負けぬぞ、晴明ェエェ！」

「あきらめろ、道満んん！」

「いだだだだ！　やめろ、てめーら！　本編でも小説《こっち》でも、人のキ○タマ使って戦ってんじゃねーよ！　つーか、これ一体なんのスポーツだ!?」

「さあ！」と外道丸。

「やかましーわ！　かつての卓球少女かてめーは！　つか、マジで潰《つぶ》れるから！　いだだだ！」

「ええい、こうなったら……ノウマク・サラバ――」

と、道満が呪文を詠唱《えいしょう》し始めた。

道満の周《まわ》りに数十枚のラケットが出現する。宙に浮かぶ大量のラケットはどれも火をまとっていた。本編では燃える呪符だったものが、ここでは燃えるラケットになっているのだ。

「これで俺に死角はない！」

「愚か者めが」

晴明がいって、自身も空中に、炎を帯びた大量のラケットを出現させた。その数は道満をはるかに上回っている。

「死角がないとは、こういうのをいうのだ」と晴明。

「いや、一応高校生設定守ってくださいよ！　なんつー技、繰り出してんですか、二人とも！」

新八がつっこむが、ライバル陰陽師の戦いは止まらない。

「晴明ェェエ！」

「道満んんん！」

無数の燃えるラケットの間で、銀八のキ〇タマが、まるでブロック崩しのボールのように衝突を繰り返す。

「いだだだ！　いてーし、熱《あ》ちーし！　ちょっ、おめーら、マジでやめろ！　担任命令だ！　今すぐ俺にタマを戻せェェエ！」

銀八の絶叫で、陰陽師二人は渋々ではあるが、矛《ほこ》を収める気になったようだ。

「道満、仕方ない、一旦タマを返すぞ」

「わかった」

二人が法力で、二つのキ○タマを銀八のほうへ向かわせた。

ひゅーんと銀八の股間《こかん》へと向かう二つのタマは、しかし元あった場所には戻らなかった。

外道丸が金棒で打ち返したからだ。キ○タマは二つとも講堂の天井に当たり、パンッと弾《はじ》けた。

「あゴメン先生」

「ちょっとォォォ！　打ち返してどーすんですか、外道丸さん！」

「いや、打ちごろのタマだったんで、つい」外道丸が澄ました顔でいう。「でも、今日は球技大会だから、大目に見てほしいでござんす」

「いや、大目に見れねーよ！　白目むいて屍《しかばね》になってんだから、先生が！」

床で泡を吹く銀八に、「先生ェェェ！」と、新八は取りすがった。

で、そのあとは——

晴明が本編でもそうしたように、式神《しきがみ》を出して銀八のキ○タマを治療し、晴明と道満の試合は、高校生設定を無視しまくったという理由で、無効試合となってしまったのだった。

「や、なんか、自分の試合もまだなのに、すげー疲れてるんだけど……」

と、新八は呟《つぶや》くのだった。

今日まで実行委員として働いてきた疲れがある上に、バスケ、ソフト、卓球といろんな試合につっこみまくったせいでエネルギーを使いすぎた。

自販機でジュースでも買おう、と、新八が講堂の出口に向かっていると、ふと、知っている顔が向かい合っている台が見えた。

3Zの長谷川《はせがわ》と、日本史教師の服部全蔵《はっとりぜんぞう》である。

「長谷川よ！　俺と当たるとは運がなかったな！」

「どういう意味だい、服部先生！」

ラリーしながら、二人は会話している。

「こっちの世界じゃ日本史教師だが、俺の本性は忍《しのび》よ。だから、悪いが忍の技を使わせてもらうぜ！」

忍の技？　と、足を止めたのがよくなかった。

服部が忍糸を使って、数体の空気嫁を並べた。

「どうだ、俺の分身の術！」

「いや、なに並べてんですか、服部先生！」と、結局つっこむことになる新八。

「ふん、分身の術なら俺も使えるぜ！」

長谷川も負けじと人形を並べるが、こちらは空気嫁ではなく、段ボールで作った人形だ。人形は長谷川の両サイドに一体ずつ。手足が棒でつながり、長谷川の動きと連動するようになっている。

「いや、なにその、雑な小島《こじま》よしおみたいなやつ！」

服部が空気嫁を動かしながらボールを打ち、長谷川が段ボール人形を動かしながらボールを打ち返す。

「長谷川ァァァ！」

「先生ェェェ！」

熱く吠《ほ》える二人だが、その周りにあるのが空気嫁と段ボール人形なので、本人たちの気迫とビジュアルが釣り合っていない。

いや、さっき陰陽師のすごい術見たばっかりだから、こっちの試合見てたら物悲しくなってくるわァァ！　――と、シャウトするのはよしておいた。これ以上はもう疲れるから。

「ジュース飲みに行こ……」

物悲しい試合から離れ、新八は歩きだした。

＊

体の中に、エネルギーが満ちている。

決して涸《か》れることのない、無尽蔵のエネルギーだ。

彼は、静かに立ち上がった。

行くべきところがあった。

最後にそこへ行ったのがいつなのか、彼自身の記憶も定かではない。

が、今日は行かねばならぬ日だった。

「今日で、終わらせる……」

小さく呟いた唇《くちびる》に笑みが浮かぶ。

慈愛か、暴虐《ぼうぎゃく》か、その笑みに滲《にじ》むものがなんなのか、彼にもわかってはいなかった——

2

講堂の壁には、トーナメント表が張ってある。

エントリーしている生徒は、それで自分の対戦相手を確認するのだが……

「……え？」

自分の対戦相手の名前を見て、新八は凍《こお》りついた。

高杉晋助《たかすぎしんすけ》

「マジかよ……」

がーんと絶望していると、隣に銀八が立った。

「えれーのと当たってんな」

「先生……」新八は担任の顔を見た。「もう、大丈夫なんですか、体は？」

「ああ、まだちっとヒリヒリするがな」銀八は一瞬顔をしかめたが、「てか、今は俺の夕マより、自分のことだろ」

たしかに、と、新八は再びトーナメント表のその名前を見る。

新八は実行委員だから、３Zの誰がどの種目にエントリーしているかは、一応把握している。高杉が卓球を選んだことも知っていた。が、まさか自分が対戦相手になるとは思わなかったし、もっというと——

「いい試合にしようぜ」

不意に隣——銀八とは逆サイドから声をかけられて、新八はぎょっとした。

高杉が立っていた。

そう、まさかちゃんと今日登校してくるとは思わなかったのだ、高杉という男が。

だってヤンキーだし。球技大会？　んなもん、俺には関係ねーぜ、とバックれるかと思っていたのだ。

それが、ちゃんと来た。

球技大会の日、生徒はみんな体操服だが、高杉はいつもの学ラン姿だった。そこらへんは、ヤンキーの美学なのかもしれない。

まさか来るとは、という新八の驚きは、しかしすぐに、来てくれてありがとう、という気持ちへと変わっていた。

やはり実行委員としては、バックれられるよりは参加してもらったほうが嬉《うれ》しいのだ。

「高杉くん、来てくれたんですね」

「ああ。サボってもよかったんだが……」と、高杉は薄く笑っていう。「今日は珍しいゲストが来るかもしれねえからな」

「ゲスト？」

新八はきき返したが、それに対する答えはなく、

「あんたと当たろうと思ったら決勝まで行かねーといけねーんだな」

トーナメント表を見ながら、高杉はそういった。

銀八に向けられた言葉だ。

改めてトーナメント表を確認すると、なるほど銀八と高杉は別の山にいる。二人が対戦するには、高杉のいう通り、両者が決勝戦まで上《のぼ》り詰《つ》める必要があった。

高杉に、銀八がヘラヘラという。

「え、なにお前、決勝まで行くつもりなの？　図々しいねえ。つか無理くね？　運動不足のヤンキーには」

「タバコと甘いモン摂取しまくってるアンタにいわれたかねーな」

「へっ、最近はコンプラとかその辺がうるせーから、俺もあんまタバコ吸ってねーよ。甘いモンは、俺にとっちゃ燃料みてーなもんだ」

「せいぜい恥かかせてやるよ、決勝の舞台でな」

「だったらてめーには、恥プラス反省文も書かせてやるぜ。坂田銀八先生に勝てるなんてホラ吹いてすいませんでしたってな」

「ちょっと待ってくださいよ、二人とも」

挑発し合う二人を見ているのは楽しかったが、新八も発言したくなった。

「なんかもう、二人とも決勝で戦うのが確定してるみたいないい方してますけど、まだ僕と高杉くんの試合が済んでないんですからね」

高杉は強い。弱いわけがない。新八が勝てそうかといえば、その確率は恐ろしく低いだろう。だけど、これは卓球の勝負だ。剣での斬り合いじゃない。

「僕だって必死でやりますからね。ワンチャン、ジャイアントキリングがあってもおかしくは――」


審判係の教員がいった。

「それでは今から、卓球の決勝戦を行います。選手は前へ」

銀八と高杉がラケットを手に、前へ出た。二人ともジャージに着替えている。

それを、新八はスタンド席から見ていた。

「え……？」

えと。

これは……？

「あれ、おかしいな。印刷ミスですか？　僕と高杉くんの試合が始まる感じだったと思うんですけど……」

「ごめんな、新八。そういうことだ」

銀八がいった。

「いや、どういうことだよ！　全カット!?　ひでーよ！　まだ僕の試合シーンは――」

3

講堂の中央で、卓球の決勝戦が始まろうとしていた。

台を挟むは、坂田銀八と高杉晋助。

すでにバスケとソフトの試合はすべて終わり、今年の球技大会は、この卓球の決勝戦を残すのみとなっている。

講堂は二階部分から上がスタンド席になっていて、新八のほか、自分たちの試合を終えた3Zの面々も集まっていた。

残念ながらというべきか、当然ながらというべきか、バスケもソフトも、3Zのチームは優勝することができなかった。で、残る卓球の決勝戦が3Z同士の戦いになったわけだが、

「こういう場合、どっちを応援すればいいか迷いますね」

新八が苦笑《にがわら》いしていうと、

「迷うはずないでしょ。私は銀八先生に優勝してもらいたいわ」と、さっちゃん。「副賞は、

ワ・タ・シ・ト・イ・バ・ラ・キ・ケ・ン・サ・ン・ノ・ナッ・ト・ウ」

「なげーよ！」新八はつっこむ。「普通そういうのは、『ワ・タ・シ』まででしょ！」

「ま、風紀委員としては……」と、続けたのは土方だ。「校則破りまくりのヤンキーを応援するわけにはいかねえ。だから、俺は銀八先生側につくぜ」

「トシのいう通りだ。俺たちも銀八先生を応援する」

近藤がいってうなずくと、その隣に並んだゴリラ四頭もうなずく。

「いや、チームメイト連れてきてる！　つか、どこでどう知り合ったんですか、そのゴリラさんたちと！」

「俺はどっちが勝ってもいいすけどね」と、そこへ沖田。「優勝者には、俺から副賞をつけてやりますよ。藁人形《わらにんぎょう》と五寸釘と副委員長の写真がセットになったやつを」

「ほう、素敵な副賞じゃねーか」土方がピキリとなる。「なんなら、今俺によこせ。てめーの額《ひたい》にその藁人形打ち付けてやるからよ」

「あ、それはヤなんで、今から副委員長のこと呪い殺しますね」

沖田がいって、土方の写真のついた藁人形に釘を打ち始める。

「本人の至近距離で呪ってんじゃねーよ！」

どこにいてもモメる二人を尻目に、神楽がいう。

「私も銀八先生を応援するネ！　万事屋《よろずや》の絆《きずな》は、学園設定の世界になったとしても変わらないアル！」

「まあ、それをいっちゃうと、僕もそうなんだけど……」

「私も、銀八先生を応援するわ」と、続けたのはお妙《たえ》だ。「応援したら、内申点よくしてくれるかもしれないでしょ」

「計算高い！」つっこみながらも、「だけど、この感じだと高杉くんの応援が誰も……」

と、いいかけた新八に、

「心配すんな。高杉の応援はあいつらがちゃんとやるだろうぜ」

土方がそういって示した席にいるのは、万斉《ばんさい》、武市《たけち》、また子《こ》、似蔵《にぞう》たちだった。

「そうか、あの人たちがいますもんね」

高杉一派なら、間違いなく高杉を応援するはずだ。

高杉が孤立無援になることはなさそうだとわかり、ようやく新八は憂《うれ》いなく試合を楽しむ気持ちになれた。

審判が合図して、いよいよ試合が始まる。

最初のサーブは、銀八だった。

ボールをコンコンと卓球台でバウンドさせながら、銀八がいう。

「いいのかな、高杉くん、卓球台の高さはこのままで。君の身長に合わせて、少し低くしてもらったらどうかな?」

腹立つ顔の見本のような、銀八のヘラヘラ顔だ。コート外戦術のつもりだろうが、なんとも大人《おとな》げない。

で、いわれた高杉、かすかにピキリときてはいたが、声を荒らげることもなく、

「アンタこそ、もっとでけーラケットにしたほうがいいんじゃねーか? その似合わねえ眼鏡のせいで、手元が狂うかもしれねーからよ」

「バッカ。眼鏡の銀さんの人気を知らねーのか……よっ!」

というタイミングで、銀八がサーブを放った。

高杉が返し、銀八も返す。鋭い球の行き来は、さすが決勝戦というレベルだった。しかも、ラリーは球の行き来だけではなかった。

「ミスれ、バカ杉《すぎ》」

「うるせー、天パ」

「捻挫《ねんざ》しろ、ヤンキー」

「捻挫と突き指しろ、ダメ教師」

「死ね」

「おめーが死ね」

ボールとともに悪態と悪口が行き来しているのも、この二人らしいといえば、この二人らしい。

銀八が点を取り、高杉も取り返す。試合はシーソーゲームの様相を呈してきた。

「銀八先生、がんばれ!」「先生、ファイト!」「マケタラボウズニシロヨ!」「晋助様、ファイト!」「お前なら勝てるでござる、晋助!」「晋《しん》ちゃん! 勝ったらコロッケパンで乾杯しようぜ!」

　両陣営からの応援も熱を帯びていくなか、お妙が決然と立ち上がった。

「こうなったら、用意したアレをやるしかないわね」

「アレ?」と新八。

「ええ。とっておきの応援パフォーマンスを用意してあるの」

　お妙はそういうと、足元に置いてあった袋から、スケッチブック大の白いボードを何枚か取り出した。それを3Zの女子生徒——神楽、さっちゃん、キャサリン、阿音《あね》、百音《もね》、九兵衛に二枚ずつ配っていく。お妙自身も二枚持ったから、七人が二枚ずつで、計十四枚のボードが用意されていたとわかる。

「このボードには一枚につき、文字が一つ書いてあるの」お妙が説明した。「並べたら、

銀八先生への応援メッセージになってるってわけ」

「いいですね、それ！」新八は笑顔になる。スポーツ観戦のとき、時々スタンドで見かけるやつだ。

「ちなみに、どんなメッセージなんですか？」

新八がきくと、お妙は教えてくれた。


『ぎ／ん／ぱ／ち／も／え／ろ／ぎ／ん／ぱ／ち／か／て／〜』


「……っていうメッセージよ」

「なるほど、『銀八燃えろ、銀八勝て〜』ですか」

「じゃあ、みんな、私が、せーのっていったら、ボードを表に向けてね」

お妙が声をかけると、神楽たち六人はうなずいた。

「せーの！」

というお妙の声のあと、ボードが表を向いた。そして、現れたメッセージは——


『え／ろ／ち／ち／ぱ／ぱ／も／ぎ／ん／ぎ／ん／か／て／〜』

「いや、間違いすぎだろ！」新八がつっこむ。「エロ乳、パパもギンギン!?　すげー卑猥《ひわい》なメッセージになってるから！　姉上、ちゃんと確認して配らないと！」

「あら、ごめんなさい。でも、『かて〜』は、あってるでしょ」

「意味が変わってくるんですよ！　『勝て〜』じゃなくて、『硬《かて》ぇ〜』みたいに読めちゃうから！」

「ふん、実に愚かな連中ですね」

と、冷ややかにいうのは、新八たちから少し離れた席にいる武市だった。

「ボードを使った応援というのは、こうやるのですよ」

武市がいって、足元の箱から、重ねたボードを取り出した。

「武市先輩もボードの応援するつもりだったんスね……」とまた子。

「ええ。ただ、いかんせん、こちらは四人しかいません。だから、ボードは椅子《いす》に伏せておいて、私の合図をきっかけに、全員で表に向けることにしましょう」

いいながら、武市は、ボードを椅子に並べ始めた。

「ちなみにこれ、並べると、なんていうメッセージになるんスか？」

また子がきくと、武市が答えた。

『た／か／す／ぎ／サ／イ／コ／ー／し／ん／す／け／チ／ャ／ン／ス』


「……というものです」

「高杉サイコー、晋助チャンス……っスか」

まあ、ひねりはないが、ストレートなほうが伝わりやすいかもしれない。

「では、私が、せーのといったら、全員でボードを表に向けるのですよ」

仲間からのうなずきが返ってくると、武市は「せーの！」と発した。

四人の高杉一派が、十六枚のボードを手早く表に向けていく。

で、現れたメッセージは――


『し／ん／す／け／チ／ン／コ／か／た／す／ぎ／イ／ャ／サ／ー／ス』


「こっちもド下ネタじゃねーか！」また子のツッコミが炸裂した。「ちゃんと確認して並べてくださいよ先輩！」

「これは失敬」と武市。「しかし、これはこれで晋助殿も嬉しいメッセージなのではないですか」

「嬉しいわけないっスよね、球技大会でこんなメッセージ出されて！　あと、最後の『イヤサース』がなんか腹立つっス！」

そこへ突然、ギュイーン、とエレキギターの音が響き渡った。

万斉だ。

「それでは聴いてください！　『ＳＨＩＮＳＵＫＥ　ＴＯＯ　ＨＡＲＤ』」

「いや、なに歌う気っスか、万斉先輩！　絶対聴かせたらダメな歌詞っスよね、それ！」

「♪朝起きて布団の中、パジャマのズボン……」と万斉が歌いだし、

「やめろォォォ！」とまた子のシャウトがそれをかき消す。「その先はダメっスゥゥ！」

そこへ、お妙がいった。

「ちょっと、負けちゃいられないわ！　こっちも誰か歌えないの!?」

その呼びかけに、神楽がデカいしゃもじを持って立ち上がる。

「それでは聴いてください！　『ＳＨＩＮＰＡＣＨＩ　ＤＯＯＴＥＩ（童貞）』」

「いや、僕が童貞なの、今関係ねーだろ！　あと、ギターじゃなくてしゃもじかよ！」

神楽が歌いだす。「♪朝起きて布団の中……」

「なんで歌詞一緒なんだよ！」

スタンド席の応援合戦、というかボケ合戦が過熱していくなか、銀八と高杉は一進一退の攻防を続けていた。

と、ここで銀魂高校球技大会における卓球のルール説明。

試合は3ゲームズマッチ。だから2ゲーム先取したほうが勝ちとなる。11点先取したほうが、そのゲームを取るが、スコアが10対10になれば、デュースとなり、以降はどちらかが2点先取するまでゲームは続く。

そして、決勝戦が始まり、およそ三十分が経った頃——

「すごい試合だ……」

新八は思わずもらしていた。

ゲームカウントは1対1。銀八と高杉はラストゲームに突入していた。

ラストゲームのスコアは現在、5対4。銀八が1点リードしている。

講堂の壁にかけられた時計は、午後五時半を少し回った辺《あた》り。

さすがに二人の顔にも疲労の色が見て取れた。実力が拮抗《きっこう》しているせいで長いラリーが多くなり、結果として運動量が増えているのだ。

「おい、しんどいなら、ここで降参でもいいんだぞ?」銀八がいって、眼鏡の位置を直す。

「ほざいてろよ」高杉がいって、眼帯の位置を直した。

審判の合図で、銀八がサーブを打った。

高杉が返し、ラリーが始まる。が、このラリーは短かった。

銀八の返した球が、やや浮いてしまった。高杉がそれを見逃さずスマッシュを決めた。

5対5。

もうこの辺りになると、スタンドの3Zたちもボケてはいない。

もう一度、銀八のサーブ。

ラリーが続き、今度は銀八が決めた。6対5。見ているほうも体に力が入る。

サーブ権が高杉に移る。

新八もぐっと前のめりになる。そのときだ。

パチパチパチ……。講堂内に拍手の音がきこえてきた。

音はスタンド席ではなく、下から——見ると、一人の男子生徒が拍手をしながら、卓球台に近づいていく。

「いやー、実に見応《みごた》えのある試合ですねえ。感動を禁じえません」

長髪。柔和《にゅうわ》な顔つきの男子生徒がそういった。

誰だ、あれ？　講堂に詰めかけた生徒たちがざわつくなか、銀八が口を開いた。

「おめーは、松陽《しょうよう》……」

4

その名が出たことで、スタンド席の動揺も大きくなった。

「松陽って……」

新八が目を瞬《しばた》くと、後ろから声がした。

「吉田《よしだ》松陽。永遠の刻《とき》を留年してきた、銀魂高校最後の大物生徒ですね」

佐々木異三郎だった。

「大物生徒って、そんなジャンルあるんですね……」

新八は苦笑いしてしまう。

だが、ともあれ、その場にいる全員が思い出すに至ったのである。

吉田松陽という生徒が、この銀魂高校にいたということを。

そして、新八においてはもう一つ。高杉がトーナメント表の前でいった言葉も思い出していた。

——今日は珍しいゲストが来るかもしれねえからな。

あれは松陽のことだったのだ。

「しかし……」と土方が低く呟く。「一体なんであいつが……？」

たしかに不可解なことだった。

長らく——本当に長らく登校していなかった松陽が、なぜ球技大会の日に、それも今日最後の試合が最終盤に差しかかった今、現れたのか。

不穏な気配を感じつつも、新八は銀八や高杉の対応を見守ることにした。

高杉がいう。

「やっぱり、お出ましになったか……」

「やっぱりって、お前なに、知ってたの？」銀八がきく。「松陽が来るの」

「ああ。噂《うわさ》ではきいていた」

「噂ってなに？　どこできけんの？　こいつが球技大会の日に現れるなんて噂」

銀八の問いに、松陽が答える。

「私がXでポストしておきました」

「Xかよ。つーか自分で情報流したのかよ」

「で？」と高杉。「現れたからには、試合がしたい、とかいうつもりか？」

「ええ。是非《ぜひ》したいですね」微笑を浮かべて、松陽がいう。「先生と高杉くんの試合を見

ていたら、私も体を動かしたくなりました」

「なんか、お前に『先生』っていわれると調子狂っちまうな……」

銀八は軽く咳払《せきばら》いして、続けた。

「悪いけどよ、今こいつとやってる、この決勝戦が今日最後の試合なんだ。試合したきゃ、次からはもっと早く登校してこい、松陽」

「いえ、あなたがた二人の決勝戦は……」

と、そこで不意に松陽は顔を伏せた。そして、次に顔を上げたとき、松陽の顔に微笑はなかった。笑みはあるが酷薄《こくはく》そうな冷笑。前髪の形も変わっていた。

「あなたがた二人の決勝戦は、もうここで終わりです」

松陽が、いや松陽ではない人物がそう続けた。

「あ、あの顔は……！」と新八。

「虚《うつろ》。吉田松陽とは別人格の虚です」

と、そこへまたエリート異三郎の解説が入る。

そうだった、と、新八はその『設定』を思い出す。今、下で銀八や高杉と向き合っている人物には、人格が二つある。吉田松陽と虚だ。温和な松陽と、冷酷な虚。慈愛の松陽と、暴虐の虚。単純に色分けすれば、そういうキャラクターが、一つの体に同居しているのだ。

そして、今、銀八たちと向き合っているのは、虚のほうだ。

「俺たちの決勝戦が終わりだと？」銀八がいう。「どういうことだ？」

「私が今日ここに現れた理由は、球技大会を終わらせるためです」

「あのな。終わらせるって、お前、バカなの？　偏差値虚なの？」銀八がやれやれと首を振る。「お前が終わらせなくても、もうすぐ終わるんだよ、この試合は。もう終盤なんだから。このあと俺が5点連取して、俺の勝ち。それで終わりだ」

「いいや、俺が6点連取して終わりだ」と高杉。

俺だ。いや、俺。いーや、俺。と、小競《こぜ》り合《あ》いが始まったところへ、虚が続けた。

「わからない人ですね。私は、球技大会という学校行事そのものを終わらせに来たのですよ」

「虚くん、その心は？」

銀八が問うと、虚は冷笑を濃くして続けた。

「私は球技大会というものに対して、こう思うのです。『運動会と球技大会って、ちょっとカブってね？』……だから、球技大会を終わらせたいのです」

「うん、バカじゃね？　お前」と銀八。「別にカブってはねーだろ。まあ、体動かす系のイベントっつー点では同じだけど」

「ふっ、語るに落ちましたね」虚がいう。「そう。体を動かすという点で、両者は同じなのですよ。ならば一方を終わらせるのは自然なことでしょう。似たような行事が、どちらか一方だけになれば、教員や生徒の負担も減ることになる」

「じゃ、じゃあ、ききますけど――」と、ここで新八は思わず立ち上がっていた。「たとえば、文化祭と合唱コンクールはどうなんですか？　あなたの理屈なら、この二つもカブってることになるんですか⁉」

「その二つは」と、新八のほうに顔を向け、虚はいう。「文科系の学校行事という点では同じだが、運動会と球技大会ほどはカブっていない。わかりやすくたとえるなら、運動会と球技大会は、スキヤキとしゃぶしゃぶ。文化祭と合唱コンクールは、長靴とスリッパ。という感じだ」

「いや、よくわかんねーよ！　せめて両方料理でたとえろよ！」

新八がつっこんだ、そのときだった。

「うっ！」と虚が顔を歪《ゆが》めて、うつむいた。そして、顔を上げると、

「いやー、失礼しました。虚くんが変なことをいいだしたみたいで」

微笑を浮かべた松陽だった。

「松陽くん！」と新八。やはりこっちの人格のほうが安心する。

松陽が続けた。

「今の虚くんの発言はすべて取り消します。運動会と球技大会は、ベジータとトランクス。文化祭と合唱コンクールは、トランクスとふんどしです」

「いや、取り消すって、そっち!?」新八がつっこむ。「あと、アンタのたとえのほうが輪をかけてわかりにくいから！　二つ目のトランクスは、ドラ●ンボールのほう？　下着のほう？　ってなるわ！」

「邪魔をするな、松陽！」

と、そのとき、松陽の顔の半分が虚になった。

「貴様は眠っていればいいのだ、松陽！　あと、運動会と球技大会をベジータとトランクスでたとえるなら、文化祭と合唱コンクールは、魔人ブウと高木《たかぎ》ブーだ！」

「いいえ、それでいうなら、いかりや長介《ちょうすけ》と高木ブーです」松陽の顔のほうがいい返す。

「魔人ブウだ！」

「いかりやです」

「魔人ブウ！」

「いかりや」

「いや、なんの争いだよコレ！」新八がつっこむ。「バカ二人の口喧嘩《くちげんか》、つーかバカ一人？

両方バカだから、もう人格分けなくてもよくね⁉」

「ええい、松陽、お前は引っ込んでいろ！」

虚がいって、松陽サイドの顔を激しく殴りつけ始めた。傍目《はため》には、自分で自分の顔を殴っているようにしか見えない。

ガッ、ゴッ、ガッと痛そうな音が響いたあと、松陽の顔が消え、顔は虚だけのものになった。

「ふ、これでやつはしばらく出てこないはずだ……」

はあはあと息を荒くし、顔の半分を腫《は》らし、鼻血を流しながら、虚が笑みを浮かべた。

「その前に、あなたのダメージもデカそうですけど……」

新八が呆《あき》れ気味にいう。

「つーか、よくわかんねーんだけどよ」と銀八。「球技大会そのものを終わらせるってお前、どうやって終わらせる気？　お前が嫌でも、学校は勝手にやるぜ？　来年の球技大会の日が来たら、学校中のボールに穴あけて回るとでもいうのかよ」

「そんなことはしませんよ。もし来年も学校が球技大会を開催するようなら、私はその日だけ……」

と、そこで虚は意味深な間《ま》をとった。

「その日だけ、『3年Z組銀八先生』の虚くんではなく、『銀魂』の虚としてここに現れ、学校を破壊します」

「や、お前それ、ずるくね!?」銀八が目をむく。「なにその脅《おど》し！　つーか、なんでそんなに球技大会を終わらせることに情熱を注ぐんだ、てめーは」

「一つの目標に向かって、努力を惜しまず邁進《まいしん》する。それが青春時代のあるべき姿ですよ」

「うん。いってることすげーマトモだけど、その目標がバカすぎる！」

「しかし、私にも慈悲はある」

「あ、勝手に話進めんのね」

虚が続けた。「今から私と卓球で試合をして、そちらが勝てば、球技大会は今後も存続させてよいことにします」

「あ、じゃあ。もうめんどくさいんで、球技大会は今後中止でいいでーす」

銀八があっさり拒否したのを見て、新八はまたスタンド席で立ち上がる。

「ちょっと！　先生、それはないですよ！　球技大会がなくなるのは寂《さび》しいですよ！」

新八は、実行委員としての日々を思い出していた。準備は大変だったが、充実した日々だった。本番の今日も、まあツッコミは大変だったけれど、試合をするみんなの姿を見る

のは楽しかった。

そこへ神楽もいった。

「先生！　球技大会なくなるのは嫌アル！　来年も、白球を追いかけたいネ！」

「うんまあ、神楽ちゃんの場合、茶球だったけどね！」

「ワタシモハッキュウヲオイカケタイ！　ハッキュウヲオエナイナンテ、ファッ●ユー！」

「キャサリンさん、やめて！　コードに引っかかるワードは！」

さらに東城《とうじょう》もいう。

「来年の球技大会はぜひ、ローション相撲《ずもう》を採用していただきたい！」

「いや、球技じゃねーだろそれ！」

「いいえ、私の提案するローション相撲は、相手のキ○タマをつかんで……」

「説明すんなァ！」

「球技大会は続けてほしいですねェ」と今度は沖田だ。「土方さんの頭と目玉とキ○タマと尻子玉を学校のいろんな場所に隠して、それを集めるっつー球技なんかどうです？」

「どうです？　じゃねーよ！　なんつー名前の球技だそれは！」

「『頭と目玉とキ○タマと尻子玉と呪われしキ○タマ』でさァ」

「なげーよ！　なんのサブタイ!?　あとキ○タマ二回出てるから！」

そこへ、近藤が拳を突き上げていう。

「ウホォォ！（俺も球技大会はなくならないほうがいい！）」

「いや、ウホで会話すんのは仲間とだけにしてもらえます!?」と新八。

「お前ら……」銀八が溜め息をつきながらいう。「意外と好きなのね、球技大会」

「おい」と、そこで高杉が口を開く。「ウダウダ喋《しゃべ》るのは、もうこの辺までにしようぜ。

――虚、試合、やってやるよ」

「おい、なに勝手に決めてんだ、高杉」

「せっかく最後の大物生徒様が登場したんだ。このままおしゃべりだけで退場ってわけにもいくめえよ」

それにだ、と高杉は続ける。

「こいつの望みが球技大会を終わらせることなら、俺ぁその望みをぶっ壊してやりてえ。そのほうが、俺も滾《たぎ》る」

にやりと笑った高杉を見て、スタンド席の高杉一派もシンクロするように笑みを浮かべる。

「試合を受けていただきありがとうございます」虚がいって、銀八に顔を向ける。「――

先生はどうしますか？」

「へーへー、わかりましたよ」銀八は観念したように両手を上げた。「みんなのヒーロー銀八先生も、球技大会を守るために立ち上がってやるよ」

「では、決まりということで」虚は小さくうなずき、続けた。「試合形式は、そうですね、変則的ではありますが、シングルス対ダブルスということにしましょうか。あなたがたはダブルスということで。ああ、もちろん、ダブルスだからといって、交互に打つ必要はありません。好きな順番で打ってください」

「はあ？　こいつとダブルス？　冗談やめてくれよ」銀八が口をへの字に曲げる。「先にお前と高杉《コイツ》がやって、コイツが無様に負けたら、俺の番でいいだろ」

「いいえ、ダブルスのほうが賢明かと」虚がいう。「あなたがたには、ここまで試合をした疲れがある。それにひきかえ、私は気力も体力も完全です。共闘したほうが、勝つ確率は上がると思いますが」

銀八は高杉をちらりと見た。高杉も銀八を見返す。

視線がぶつかったあと、銀八からいった。

「足引っ張んなよ、てめー」

「アンタこそな」

「では」

と、虚が告げた。

「試合を始めましょうか」

5

「うーん……」

と、新八はうなるのだった。

ギャグなのかシリアスなのか、どっちとも判断がつきかねるムードのなか、球技大会の存続をかけて、虚VS銀八・高杉ペアの対戦が始まろうとしているのだった。

試合は3ゲームズマッチ。2ゲーム先取したほうが勝ち。

虚が勝てば、銀魂高校は来年以降球技大会を開催できなくなる。

銀八たちが勝てば、それを阻止できる。

あまりに理不尽で一方的な条件下での試合だが、受けた以上は勝たねばならない勝負だった。

コイントスにより、最初のサーブは虚になった。

審判が試合の開始を告げる。

「では、楽しむがいい。あなたがたにとっては、最後の球技大会となる」

虚がいって、鋭いサーブを放った。

銀八が返し、ラリーが始まる。

正式なダブルスならば、交互に打たなければならないが、この試合に関しては、そのルールは無関係だ。ときに銀八が、あるいは高杉が続けて打つ場面もあった。

ラリーの果てに、虚のスマッシュが決まった。最初の得点は虚。

続く、虚のサーブ。始まったこのラリーも、虚のスマッシュにより終わることになった。

「おや、意外と早い決着になりますかね」

虚が口角を上げる。

2点連取され、スタンド席に、じわりと嫌な予感が漂う。

「やっぱ疲れてんな、あの二人」

土方がいった。

ですね、と、新八もうなずいた。そして疲れに加えてだ。二人の息が合ってない。急造ダブルスだから仕方ないこととはいえ、この連係のまずさはかなり不利だ。

銀八が舌打ちまじりにいう。

「おめーよう、もうちょっと俺の意図を汲《く》んで動けよ。打ちにくいんだよ」

「同じ言葉をそのまま返すぜ」

「なんだとコノヤロー」

「ちょっと、先生、モメてる場合じゃないですよ！」

スタンドから声をかけるが、素直にきき入れる二人じゃないことは新八にもわかっている。

サーブ権が移り、銀八のサーブになった。

虚が返す。高杉が返す。虚が返す。

虚は巨大な山のような存在感だった。どこに打っても返してくるんじゃないか、という畏《い》怖《ふ》すら覚えてしまう。

が、今度は長いラリーになった。

2点先取されて、銀八と高杉に火がついたのかもしれない。息詰まるラリーの終わりは、高杉のスマッシュだった。虚が返せず、銀八・高杉ペアの得点になった。

スタンド席がわっと盛り上がる。

が、銀八は不満げだった。

「おい、たまたまお前が打ちやすい位置にいたってだけだからな。いい気になんなよ」

高杉に憎まれ口を叩いたあと、銀八がサーブを放つ。

ラリーの末、虚がスマッシュを決める。

以降も、両者は互いに得点を重ねていったが、虚のほうが強かった。スコア11対6で、第1ゲームは虚が取った。

「危惧《きぐ》したほど一方的な試合になりませんでしたね。安心しましたよ」

余裕のコメントを口にしながら、虚は持参していた水筒から水分を補給した。

銀八がぼやく。

「あーあ、まったくよう。途中いい感じだったのに、高杉くんがちょいちょいスマッシュミスしたせいで、1ゲーム取られちまったぜ」

「ほとんどチャンスボールみてえな球返してたアンタにいわれたかねーな」と高杉。

「え？　自分のミスを棚に上げて、人を責めるんですか？　こわっ」

いい合いを始めた二人を見て、新八は溜め息をつく。

「あーもう、またモメてるよ、あの二人」

そのときだった。

「いい加減にせんか、お前《まん》ら！」

でかい声とともに、銀八・高杉のほうへ近づいていく男がいた。

もじゃもじゃ頭とサングラス。その男は、

「坂本《さかもと》先生！」

銀魂高校の数学教師、坂本辰馬《たつま》である。

腰に手を当て、坂本は二人に向けて続けた。

「お前ら喧嘩しとる場合じゃなか！　そんなんじゃ、勝てる試合も勝てんようになるぜよ！」

「なにしに来たんだ、もじゃもじゃ」銀八がいう。「今はおめーの相手してる暇はねーんだよ」

「まあそういうな。二人しかおらんからモメてしまうんじゃ！　ここからは、わしも参戦しちゃるき！　安心するぜよ！」

「はあ？　参戦？」

「そうじゃ！　三人寄れば文殊《もんじゅ》の知恵！　ここからはわしも加わってのトリプルスじゃ！　まあそんな呼び方があるかは知らんがのう！」

坂本はガハハと笑う。

「いや、いらねーし」冷たく銀八はいう。「邪魔だし、うるせーし」

だが坂本はマイペースだ。「遠慮するな！　わしが加わったほうが、絶対に有利に試合

を運べるきに！　ここだけの話じゃがな！　わしは発明品でお前らをアシストすることができるぜよ！　おっと、あまり大きな声で驚くなよ！　敵に悟られてしまうきのう！」

「いや、おめーの声がでかすぎて、すでにきかれてんだよ！」

銀八がつっこむ。

虚がいう。「三人体制になるなら、それはどうぞご自由に。発明品とやらも、お好きに使って結構ですよ」

「おー！　さすがは虚くん！　話がわかるのう！　というわけじゃ金八《きんぱち》！　高杉！　次のゲームからはわしも参加しちゃる！」

「なんかもう、反対すんのもめんどくさくなったわ……」銀八は溜め息をつく。

「なんでもいい」高杉がいった。「そろそろ再開しようぜ」

というわけで2ゲーム目——

6

銀八のサーブで試合は始まった。

ラリーが始まる。虚は相変わらず危なげなく球を返してくるが、銀八と高杉も食らいつき、長いラリーになった。

坂本はというと、二人の後ろで、なにやら持参していた大きなバッグをごそごそと漁《あさ》っている。

「坂本！　お前、発明品のアシストっつーのはまだかよ！」

銀八がいうと、

「待て、今出すき！」

坂本は答えて、バッグから扇風機のようなものを取り出した。それを肩に担ぎ、

「タリララッタラ～。『推《お》し活《かつ》ファン』」

「なんだそりゃ！」

打ちながら、銀八がきくと、坂本が答える。

「これはお前らの打球スピードをアップさせる道具ぜよ！　扇風機《ファン》を回転させることによって風を起こし、あたかもファンが好きなアイドルを推すかのように、風が打球に推進力を加える、まさに推し活社会を象徴する一品ぜよ！」

そこへ、タイミングよくスマッシュのチャンスが来た。

「よっしゃ！」銀八がスマッシュを打ちに行く、その瞬間、坂本はファンのスイッチを入れた。

ぶおおおっと強風が吹き、球の軌道が乱れ、銀八はスカッと空振りしてしまう。

「スマン、金八！　スイッチを入れるタイミングを間違えたぜよ！　さあ、気を取り直してどんどん行くぜよ！　高杉、お前のサーブも、わしが剛速球にしちゃるきのう！」

で、高杉がサーブを打つと、坂本が扇風機のスイッチをオン。

ぶおおおっという風に押されて、サーブは相手コートにバウンドせず、台の向こう側に落ちた。サーブミスで、相手の得点。

次のラリー。銀八のスマッシュは、また風のせいであらぬ方向に。

次は虚のサーブ。レシーブしようとした銀八だったが、またぶおおおっという風で球が不規則に動き、空振り。

「ドンマイ、ドンマイ！　さあ気を取り直して――」

「いや、もう捨ててこいその扇風機！」銀八がとうとうキレた。「邪魔でしかねーわ、その風！　マジで迷惑！」

「しかし、珍八《ちんぱち》、このファンはな――」

といいながら、坂本が扇風機のスイッチを押した。ぶおおおおっと風が出る。

坂本がスイッチを押し、風と音が止《や》む。

「――ということぜよ」

「いや、まったくきこえなかったわ！　なんつったの？　てか、もうきかなくていい！　もっとマシな発明品はねーのか！」

「おい、虚」と、そこで高杉がいう。「やっぱり、この二人を抜けさせて、俺とサシの勝負にしてくれ」

「ああ？」と、虚より先に銀八が反応する。「なんだそりゃ、一人だけカッコつけようってのか、ボンボン」

「アンタらがいると疲れるんだよ」

「疲れんのは、こっちも同じなんだよ。陰キャのヤンキーとアホな同僚のせいでよ」

「そんなに疲れているなら」虚がいって、自分の水筒を持ち上げてみせた。「これを飲みますか？　体中にエネルギーが満ちてきますよ」

「別におめーの水筒なんか飲みたかねーけど」と銀八。「それなに？　水じゃねーの？」

「この水筒の中身はアルタナ……」

「アルタナァ!?」

銀八が声を上げる。

新八たちもスタンド席で驚いていた。

「アルタナって……」と新八。「あの、本編で出てきた、宇宙エネルギー的なやつ？」

それを飲んでいるということは、虚はずっと疲れないということなのだろうか。だとしたら、それってめちゃくちゃずるくね？　と思うのだが……。

虚が続ける。「アルタナンEXという、私がブレンドした自家製栄養ドリンクです」

「栄養ドリンクゥゥ？」と銀八。「じゃあ、宇宙エネルギー的なやつじゃないってこと？　びびって損したわ」

「バカにしたものではないですよ。市販の栄養ドリンクを数種類混ぜ合わせ、そこに牛乳と黒酢を入れて、ほかにもあんなものや、こんなものや……」

「いい、いい、説明はいい。試合だ、試合」

銀八は手を振って虚の言葉を遮ると、坂本に続けた。

「坂本。おめーはもう、ラケット持って俺たちの後ろにいるだけでいい。で、万が一、俺かコイツが球を返し損《そこ》ねたら、そのときはおめーが死ぬ気で追いついて打ち返せ。いいな？」

「わかったぜよ！　なーに心配いらん！　ちゃんとお前らの動きを見ておくからのう！」

というわけで、試合再開――

虚がサーブを打つ。高杉が返し、虚が返す。銀八が返し、虚が返し――ラリーが続き、銀八と高杉はめまぐるしく位置を変えた。

その後方で坂本は二人の動きを見ている。そして、見すぎたせいだろう。

「ゲボロジャアア！」

坂本が派手に嘔吐《おうと》した。漫画ならモザイクトーンが使われる嘔吐物が銀八と高杉に大量に降り注いだ。

「おいいいいい！　なにやってんのお前！」銀八がぶち切れる。

「ス、スマン……。お前らの動きが、あまりにめまぐるしゅうて、酔うてしもうたき……」

「ちょ、お前、マジでなにしに来たの!?　まったく役に立ってねーじゃねえか！　三百円あげるから、帰ってくんない!?」

「仲間割れは感心しませんよ、皆さん。チームメイトは互いに助け合って……」

と、話しだした虚だったが、その虚も突然、

「オボロジャアアア！」

と嘔吐した。

「いや、お前も吐くの!?」

「くっ、どうやら、アルタナンEXを飲みすぎたようです……」

「おい、なんだこの試合！　バカとゲロが多すぎじゃね!?」

銀八が叫んだときだった。

「まったく、見ちゃいられませんね！」

一人の男子生徒が銀八たちに近づいていった。

「三人がかりで、なにをやっているんですか！　ここからは俺も参加しますから、さっさとこの試合にケリをつけましょう！」

きりっとキメ顔を作って、そう告げたのは、ヅラ――桂小太郎《こたろう》であった。

「桂さん……」と新八。またぞろ嫌な予感しかしない人物の登場である。

「お呼びじゃねーんだよヅラ」銀八が冷たくいう。「おめーは跳《と》び箱《ばこ》の中で永遠にスタンバってろ」

だがかまわず桂は続ける。「いい加減目を覚ましてください。このチームは、自分がどういう役割を担《にな》えばいいか、各々がわかっていないのです。俺が今からそれを決めてあげます」

「役割だと？」

銀八が片眉を上げると、桂はいった。

「では、いいます。まず俺がリンゴ、銀八先生がミカン、坂本先生がメロン、高杉くん、君はパイナップルだ。最初のオニは――」

「フルーツバスケットじゃねえんだよ！」

ドゴッと銀八の蹴りが、桂の顔面に決まるのだった。

7

フルーツバスケットでは無論ないが、卓球とも、もはや呼べなくなっている感じはある。でも、一応は卓球の試合が行われているのである。

桂は、その後、四人目の選手として銀八たちに加わることになった。

桂の参戦に対し、虚は異を唱えず、銀八も反対しなかった……というか、狂乱のバカ貴公子と問答する気力がなかったのかもしれない。なんにせよ、一対四の、超変則スタイルになって、試合は再開したのだった。

基本的には、銀八、高杉、桂が交代で打ち、坂本は最後列でその状況を見ながら、時々こぼれ球を打ち返し、時々嘔吐する、というのがこのチームのスタイルになった。

「いや、どんなスタイルだよ！」新八はスタンド席でつっこむ。「四人中、一人が時々嘔吐するって、そいつらいなくね!?」

だが、そうつっこみつつも、である。

この四人が同じチームで戦っていることに、新八が多少のエモさを感じているのも事実だった。

本編『銀魂』において、攘夷《じょうい》戦争を経たこの四人の絆は格別のものだ。その絆で結ばれた四人が、強敵に立ち向かう構図に不思議と違和感はない。

そして、その絆のおかげもあってか、なんやかんやで、この四人は善戦したのだった。

虚は強い。アルタナンEXで自爆はしたが、打球や、反応速度、試合勘は相当なものがある。その虚を相手にジリジリと差を縮めて、今、スコアは1点差というところまで来ていた。

ただし、実にひりつく1点差ではあった。

現在スコアは、虚10点、銀八たち9点。たしかに1点差ではあるが、虚はマッチポイント。つまり。次に虚が点を取れば、このゲームは虚の勝ち。1ゲーム目も虚が取っているので、3ゲームズマッチのこの試合は、虚の勝ちということになるのだ。

虚が勝てば、来年から球技大会はなくなる——なくす、と虚が一方的に宣言しているだけだが、彼が本気ならば、なくなる。

だが、新八としては認めたくなかった。一人の生徒の、理不尽な主張がまかり通ってしまうのは納得がいかなかった。ほかのみんなも、きっとそうだろう。

だから、と、新八は四人の選手たちに想《おも》いを、念を、気持ちを送るのだった。

みんな！　がんばれ！


タイムを取って、銀八たちは話し合っていた。

10対9。次に点を取られたら、負け。逆にこっちが取れば10対10のデュースとなって、ひとまずは生き延びる。

「さあ、崖《がけ》っぷちじゃのう！　ここで取られるわけにはいかんぜよ！」

デカい声でいう坂本に、

「あのな」と、銀八は呆れる。「お前のバカな発明品がなきゃ、こんなギリギリの状況になってなかったんだぞ、多分」

とにかく、と、銀八は言葉を継《つ》ぐ。

「次取って、ジュース、デュース？　ま、どっちでもいいが、それにしなきゃ、俺たちの負けだ」

「先生」とそこで桂。「俺は、『デュース』より『ジュース』がいいです。一番好きなのはリンゴジュースで、次がバナナジュースで……」

「お前はフルーツから離れろ。つーか、俺から離れろ」

「で、どうすんだい、先生」と、今度は高杉だ。「虚の野郎、バカはバカだが、なかなかしぶといぜ？　なんか策はねーのかよ」

「チッ、こんなときだけ先生を頼るんじゃねーよ。策なんてもんは、おめー……」

と、そこで、銀八は口を閉じた。

一瞬、頭の中で閃《ひらめ》いたものがあったのだ。

この手なら……。

いや、無理か、やっぱ……。

数瞬のせめぎ合いが心の中であったが、銀八は決めた。やる。

成算はまったく立たないが、無策で挑むくらいなら試す価値はあるように思えた。

「おい、おめーら、ちょっと来い……」

銀八は三人を呼んだ。円陣になると、銀八はいった。

「うまくいくかわかんねーけど、こんなんはどーだ？　おっと、坂本、おめーはでけー声で作戦もらしたりすんなよ」

そう釘をさし、銀八は思いついたことをチームメイトに伝えた。

作戦タイムを終え、銀八たちが試合に戻ってきた。

新八の、３Ｚの、スタンド席みんなの緊張が高まる。

がんばれ、先生、がんばれ、みんな。その言葉を、今は繰り返すだけだ。

審判の合図で、試合再開が告げられた。

サーブ権は、虚。

虚がボールを手にいった。

「ここから始まるラリーで銀魂高校の球技大会は終わる……すべてが虚になるというわけです」

「ベタな悪役ムーブはいい」銀八がいった。「さっさと打てよ」

虚が目に闘気のようなものを宿らせ、サーブを放った。

銀八が返し、虚が返す。

始まったラリーを見ながら、新八は違和感を覚えた。

銀八たちがリラックスしているように見えるのだ。肩の力が抜け、動きにも固さがない。

こんなピンチの状況でなぜ？

しかも、である。彼らは、打ちながら会話を始めたのだ。

「ところで」と桂。「『ジュース』と『デュース』って、どっちが正しいいい方なんですか、坂本先生！」

「さあ、わしは知らんぜよ！　金八先生、お前は知っとるか？」

いや、そんなこと、今どうでもいいでしょ！　と新八はつっこみたくなる。

が、銀八は、つっこまなかった。

「『ジュース』と『デュース』？　んなもん知らねーよ」そして、銀八はにやりと笑ってこう続ける。

「松陽先生は知ってますかー？」

その瞬間だった。虚の顔が消え、松陽の顔になった。

「それはどちらのいい方でも正解――」

「でっ、出てくるな、松陽！」

虚の顔がすぐに戻ってくる。

この一瞬の顔のスイッチが、そのまま虚の油断となった。虚の返球が、甘くなる。

浮いた球を、見澄ましていたのは高杉だった。

スマッシュのモーションに入る高杉。

虚の顔が、しまった、と強張《こわば》る。

会場全体を揺るがすような力強い踏み込みとともに、高杉のラケットが鮮やかに一閃《いっせん》した！

スマッシュに、虚は反応できなかった。台でバウンドした球が、虚の後ろに転がっていく。銀八たちの得点だ。

「……やった！」

息を殺していた新八は、思わず立ち上がった。そして、もう一度叫ぶ。

「やったァァァ！」

スタンド席全体が、どわあっと沸騰《ふっとう》する。

「考えましたね……」

落ちたボールを拾いながら、いまいましそうに虚がいう。

「私の中の松陽に賭けたというわけですか」

「ああ。そうだ」と銀八。「おめーが今、どうやって松陽を封じ込めてるかは知らねーが……先生って生き物は、『先生』と呼ばれりゃあ反応しちまうもんだからな」

「なるほど。面白い手でしたが、しかし――」虚の顔に笑みが戻ってくる。「次は通用しませんよ。私は、さらに深いところに松陽を押し込めておきます。そして、念のためにいっておきますが……」

虚は審判係の持つ得点表を指していう。

「これでスコアは10対10のデュース。今のスマッシュで決着がついたわけではありません。

勝負はここから2点連取したほうが勝ちです」

「わかってんだよ、んなこたあ」

いいながら、銀八は額の汗をぬぐった。疲労の色が、いよいよ濃くなっている。そしてそれは高杉も同様だった。坂本も顔色が悪いが、これは嘔吐しまくったせいもあるだろう。体力的に一番マシなのは桂であろうが、それなりに消耗しているようには見える。

「さすがにここから2点連取はきついんじゃねーか……」

土方が呟いた。

新八も同意見だった。

高杉の鮮やかなスマッシュは、一瞬の高揚を与えてはくれたが、ここからまだ勝負は続くのだ。

そして、仮にこのあと銀八たちが2点連取して、2ゲーム目をものにしても、まだゲームカウントは1対1。最後の3ゲーム目を戦わねばならない。

このゲームを取っても、さらにもう1ゲーム……。

やっぱりもう無理なんじゃ……。

浮かんだその言葉を口にしかけた。が、それはなんとかとどまった。

僕がそれをいってどうする、と思ったからだ。

四人はまだ戦う気だ。ならば、自分たちは応援するしかない。

「じゃあ、再開といくか」銀八が台に向かった。その足取りは重そうだが、「ま、ここからは、俺たちの怒濤《どとう》の反撃タイムになるけどな」口はまだ軽かった。

「わしも、まだ出してない発明品があるぜよ」坂本が笑う。

「なんだったら、ここからはフルーツバスケットで戦ってもいいですよ」真顔の桂だ。

高杉はなにもいわない。だが、闘志が切れていないのはわかった。

「虚勢は敗北への序章ですよ」虚がいった。「いいでしょう。完膚《かんぷ》なきまでに叩き潰してあげます!」

一人と四人が、ラケットをかまえ、審判が合図を出す、まさにその寸前——

「この勝負、ここまで!」

会場内に、マイクの声が響き渡った。

声は講堂の演台から。みんなの視線がそちらに注がれる。

お登勢理事長だった。

8

演台でお登勢が続けた。

「今日はみんなお疲れさんだったね。バスケにソフトに卓球、あんたたちの試合は、理事長室のモニターで全部見させてもらってたよ」

グラウンド、体育館、そしてこの講堂の各所にカメラがあり、理事長室で映像が見られるようになっているのだろう。

「あんたら、みーんな輝いてたよ。まあ、中にはめちゃくちゃな試合もあったけどね、まあ、細かいことはいいさ。うまいやつはうまいやつなりに、ヘタはヘタなりに楽しむ、球技大会はそういうもんだからね」

「理事長」

と、そこで声を挟んだのが虚だ。

「勝手に閉会式を始めるのはやめていただけませんか？　ご覧になっていたのならわかるでしょう？　まだ私たちの試合の決着はついていません」

「たしかに決着はついてないねえ。だけど、この試合はここまでだよ」

「このまま続けては、私の勝ちになってしまう。そうなると来年以降は球技大会を開催できない。だから、強引に試合を終わらせようというおつもりですか？」

虚がきいた。

その虚を、お登勢はじろりとにらむ。

「このまま続けてアンタの勝ちになるかどうかはわかんないだろ？　この四人を、あんまり甘く見るんじゃないよ」

「仰《おっしゃ》る通り。それはやってみないとわからないことです」お登勢のにらみにも、虚は平然としている。「ならばなおさら、試合を終わらせるのはおかしいのでは？」

「やらせたいのは、私も山々さ。だけど、そうできない理由があるんだよ」

「理由？」

「ああ。私ゃ今日、開会式でこういったんだ。『あんたら今日は、ルールを守って暴れなってね。虚、あんたは開会式に出てないからきいちゃいないだろうがね」

「それがどうしたのです？　ルールを守っていない、一対四のこの試合は無効だとでも？」

「そうはいってないよ。大体そんなこといいだしたら、今日の球技大会、特に3Zの連中は、ルール無視のオンパレードじゃないか」

う……。と、新八は耳が痛くなる。たしかにバスケもソフトも卓球も、３Ｚの試合はどれもめちゃくちゃだった。ルールを守らずに暴れた人たち、ということになる。

お登勢が続ける。

「私のいう、ルールってのはね、校則のことさ」

「校則？」

思わぬ言葉をきかされ、スタンド席がざわついた。

虚の顔にも、かすかな戸惑いの色が浮かんでいる。

お登勢が続けた。

「銀魂高校の球技大会だ。ゴリラとバスケしようが、ソフトボールでウン●投げようが、まあ好きにやりゃあいいさ。でもねぇ、最低限、学校の規則《ルール》は、守ってもらわないといけないんだよ。――校長！」

お登勢が鋭い声を発すると、ステージにハタ校長と教頭がバタバタと現れた。校長は手に生徒手帳らしきものを持っている。

「銀魂高校の校則、読んでやんな」

お登勢にいわれ、ハタは手帳をめくり、声を裏返らせながら読み始めた。

「えー、ほ、本校生徒は前髪を眉毛の……」

「そこじゃねえよ！　さっき教えたろ、読むところ！」

お登勢がぶち切れ、ハタは「はいぃぃ！」とページをめくる。なにやってんだバカ、うるせージジイ、と、いつもの小競り合いがあったあと、ハタが再び読み始めた。

「本校生徒の最終下校時刻は、午後六時三十分とする！」

一瞬、講堂がしんと静まり返り、またざわつきが戻ってきた。

「最終下校時刻……」

いいながら、新八は講堂の壁の時計を見やった。

時計は――すでに午後六時半を回っていた。

「そういうことだよ」

お登勢がゆっくりとうなずきながらいった。

「熱戦の行方《ゆくえ》を見届けられないのは心残りだがね、もう全校生徒が帰らなきゃいけない時間だ。試合はここまでだよ、虚」

「くっ」と虚が顔を大きく歪ませた。「最終下校時刻？　詭弁《きべん》だ！　そんな理由で納得できるわけがないでしょう」

「納得してもらわないと困るねえ」お登勢はかぶりを振る。「そもそもアンタの出した無茶な条件で試合してる時点で、コイツらはかなり譲歩してんだ。試合の始まりで譲歩させたんなら、終わるときはそっちが譲歩したらどうだい？」

「しかし――」

と、なおも抗弁しようとした虚だったが、そこで、

「理事長の仰る通りですね。わかりました。試合はここで終わりとしましょう」

微笑を浮かべた松陽が現れた。

「ひっ、引っ込んでいろ、松陽！」

虚が抵抗を試みたが、今度の松陽は消えなかった。また二つの人格が顔を分け合う状態になった。

「試合は続行だ！」

「もう終わりですよ」

「お前は喋るな！」

「虚くんだって楽しかったんでしょう？」

その言葉で、ふっと虚の声が止んだ。顔を分け合った状態で、松陽が続ける。

「本気で球技大会を終わらせたいなら、こんな試合なんかせず、いきなり終わらせることもできたはず。なのにそれをせず、あなたは試合をしようと提案した。虚くん、あなた本心では球技大会に参加したかったんですよ。そして、まだ試合を続けたがっているということは、本心では球技大会を楽しんでるんですよ。この楽しいイベントが来年なくなるのは寂しくないですか？　少なくとも私は寂しいです。おっと、こんなに長く喋らせてもらえるとは意外でした。一旦引っ込みますね」

そういうと、松陽の顔は消え、顔はすべて虚のものになった。

が、虚は声を発しない。

お登勢がいった。

「相方との会議は終わったかい？」

虚はまだ黙っている。ややあって、いった。

「どうやら……最終下校時刻までに勝ちをものにできなかった、私の負けのようですね」

一つ息を吐き、虚は続ける。

「ただ、私はこのままでは終わりません。永遠の刻を留年する私に『卒業』という文字はない。私は来年も球技大会に現れます。そのときに、この勝負の続きに挑ませてもらいますよ」

「バカ」

と返したのは銀八だった。

「来年の球技大会に現れるだと？　なに勝手に長期休暇に突入しようとしてんだ。虚、つーか松陽もだ。明日からちゃんと登校しろ」

くっと目つきを鋭くし、反論の気配を見せたが、やがて体の力を抜き、虚はいった。

「……はい。先生」

その瞬間、張りつめていた講堂の空気がほっとゆるむのがわかった。

虚は踵《きびす》を返し、歩きだした。その背が講堂の出口に消えるのを見届けると、新八は大きく息をついた。

いろいろあった、ありすぎた球技大会だけど、しかも自分の試合シーンはカットされたけど、今胸にあるのはシンプルな感想だった。

「球技大会、面白かったー！」

「理事長」

と銀八が呼びかける。

「いいジャッジだったぜ。正直助かったわ。さすが亀の甲より年の功だな」

「レディーに年のこというんじゃないよ」

お登勢がふんと笑う。

銀八も笑い返し、

「うし、さすがに疲れたし、さっさと片づけて終わろうぜ」

「先生」とそこで高杉がいった。「俺たちの決勝戦はどうするんだ？　まだ途中だったろ？」

「お前な」と銀八は頭をかく。「空気読めよ。もう誰も興味ねーんだよ、俺たちの決勝戦

の続きなんて。つーか、あの試合は、俺が勝ってたところで中断になったんだから、もう俺の勝ちってことでいいんだよ」

「納得いかねーな。いかねーが……」高杉は続けた。「また来年挑ませてもらうぜ。勝ち逃げは許さねえ」

そういって、背を向ける高杉に、銀八は苦笑いを浮かべる。

「来年ってお前、また三年生やるつもりかよ……」

戦いの終わった選手たちを見ながら、新八はフフッと笑い、胸の中で呟いた。

——いい魂《たま》、見られたな、今年の球技大会。

立ち上がる。片づけが終わるまでが、実行委員の仕事だった。

■初出
銀魂 3年Z組銀八先生すぺしゃる
それゆけ大球技大会 書き下ろし

[銀魂 3年Z組銀八先生すぺしゃる] それゆけ大球技大会

2024年12月9日 第1刷発行

著 者／空知英秋 ◉ 大崎知仁

イラスト／遠藤 香

装 丁／酒井布実子 [Banana Grove Studio]

編集協力／長澤國雄 添田洋平 [つばめプロダクション]

編集人／千葉佳余

発行者／瓶子吉久

発行所／株式会社 集英社

〒101-8050 東京都千代田区一ツ橋 2-5-10
TEL 03-3230-6297（編集部）03-3230-6080（読者係）
03-3230-6393（販売部・書店専用）

印刷所／共同印刷株式会社

Printed in Japan ISBN978-4-08-703551-3 C0293